青少年
趣味故事馆

（插图收藏本）

9

追踪中外重重谍影

谍影·谍战·间谍

司马榆林◎编著

河南文艺出版社

图书在版编目(CIP)数据

谍影·谍战·间谍:追踪中外重重谍影/司马榆林
编著. —郑州:河南文艺出版社,2013.12(2016.7 重印)
(青少年趣味故事馆)
ISBN 978-7-80765-907-5

Ⅰ.①谍…　Ⅱ.①司…　Ⅲ.①故事-作品集-中国
-当代　Ⅳ.①I247.8

中国版本图书馆 CIP 数据核字(2014)第 000499 号

出版发行	河南文艺出版社
本社地址	郑州市鑫苑路 18 号 11 栋
邮政编码	450011
售书热线	0371-65379196
承印单位	河南日报报业集团有限公司彩印厂
经销单位	新华书店
纸张规格	700 毫米×1000 毫米　1/16
印　　张	9
字　　数	103 000
版　　次	2013 年 12 月第 1 版
印　　次	2016 年 7 月第 2 次印刷
定　　价	18.00 元

目　录

女艾：中国历史上最早的间谍/1

弦高犒师/4

美马计/7

甘罗妙计/10

韩信大破赵军/13

孤胆英雄——杜畿/16

李孚伪装进敌营/19

慕容翰装疯卖傻/22

种世衡巧使离间计/26

蔡智堪智取《田中奏折》/28

赵登禹奇谋胜敌/31

东方魔女——川岛芳子/33

红色间谍王——熊向晖/46

朝鲜战场上的心理战/52

从事谍报工作的君主——阿尔弗烈德/59

双面间谍——波利亚科夫/62

逆用"北极行动"蒙英军/68

二战中最杰出的英国女间谍——辛西娅/72

春潮楼的常客——吉川猛夫/78

"麻风"女间谍——胡爱/87

山本五十六死亡之谜/91

末代沙皇之子是间谍/96

摩萨德的釜底抽薪计划/101

故意的泄密案/105

尤尔琴科事件/107

美国驻莫斯科使馆的"警卫"的失职/110

克里姆林宫的"钉子"——安德烈夫/114

两面间谍——玛林兹·查尔斯/120

"爱国"间谍——特罗费莫夫/126

"基地"间谍/133

"V"字的力量/138

女艾：中国历史上最早的间谍

清人朱逢甲在《间书》中说："用间始于夏王少康，使女艾间浇。"意思是：夏朝国君少康把一个名叫女艾的人派到浇所统治的地方去进行间谍活动。"女艾间谍"可谓是我国最早的间谍活动。

少康是夏朝的第六个君主，他为何要派女艾充当间谍？这要从夏朝的第三个君主太康谈起。原来，太康是个只知道吃喝玩乐的人，经常外出打猎，高兴之至，数月不归。这样的国君是不会得到他的臣民拥护的。

太康手下有一位大将——后羿（就是传说中的那位射落九个太阳的猛士）。他利用太康外出的机会把持了夏朝的大权，立太康的弟弟仲康为国君。仲康是夏朝的第四位国君。太康有家难归，客死他乡。

后羿大权独揽，目空一切。时间长了，他同样不理朝政，醉心于山野行猎的趣事去了。后羿属下有个叫寒浞的阴谋家，他在骗取了后羿的信任后，不但谋杀了后羿，还夺取了后羿的爱妻，并与后羿的妻子生下了两个儿子：浇和蕴。寒浞还把两个地方封

赏给了他们。

仲康的儿子相是夏朝的第五位国君。寒浞担心相会危及自己，残忍地杀掉了相。当时，相的妻子已经怀孕，她从墙洞侥幸逃生，生下了儿子少康。少康长大成人后在有虞氏部落居住下来。有虞氏首领很器重少康，把自己的女儿嫁给了少康，还给少康一片土地和五百名奴隶。

少康一直把杀父之仇记在心里。但是仅凭一小片土地和五百名奴隶要想复仇绝非易事，少康想来想去，想到了运用"间谍"。少康有一位忠心耿耿的仆人，名字叫女艾。女艾不仅对少康忠诚，而且智勇双全。少康把自己的想法对女艾说了，女艾表示要立即行动。随后，少康派女艾和自己的儿子季抒执行秘密使命。

他们秘密潜入浇所统治的地方，经多方打听，获悉浇好色好淫，又喜爱打猎，并经常到一个叫女歧的寡妇家过夜。女歧原是浇同父异母哥哥的妻子，纵欲淫乱的浇假装对其有所求，便强行住在其家中。侦知这情况后，女艾连夜带人偷袭，但因浇有所察觉而行动未能成功，只是在黑夜里把女歧误杀了。

失手后，女艾调整自己的计划，经过努力，女艾终于从自己策反过来的"内线"——浇的侍从那里得到情报：浇不久将要到尚干这地方打猎。于是女艾装扮成猎人，带着几名手下与经过训练的猎狗去尚干。在猎地，女艾遇见浇时，放出猎狗把浇扑倒，乘他猝不及防之际，砍下浇的首级。不久，季抒也以间谍手段诱杀了浇的弟弟蕴。这样，少康除去了寒浞的两个儿子后，又乘胜出兵，终于消灭了寒浞。少康回到故园，恢复了夏朝。

弦高犒师

公元前632年，晋文公亲自出征，攻打南方的大国楚国，城濮一战把楚军打得大败。于是晋文公会合中原各国诸侯，歃血盟誓，成了中原霸主。

郑国地狭人少，国力不强，郑国国君穆公要保存自己的地位，不得已一方面讨好晋国，加入了同盟，另一方面又担心日益强大的秦国找麻烦，暗地里又同秦国保持友好关系。

秦穆公对于郑国两面讨好的做法心怀不满，总想找机会把郑国这颗眼中钉拔掉。机会终于来了，在郑国做官的杞子，早就投靠了秦国，公元前628年冬，他派心腹家臣到秦国通风报信说："我现在做了郑国北城门的总管，如果大王派兵偷偷地攻郑，可以不费吹灰之力攻破郑国城门，灭掉郑国非常容易的。"

秦穆公得知这一消息十分高兴，拒不听大臣蹇叔等人的劝告，决计第二年春暖花开之时派兵灭郑。

转眼间到了第二年春天，天气转暖，江河解冻，秦国经过几个月的准备，要派兵攻打郑国了。秦穆公选派秦国当时最得力的孟明视、西乞术、白乙丙三员大将，率领兵车三百辆，悄悄地启程了。

一天，郑国以贩卖牛羊为业的商人弦高赶着牛羊准备去卖，忽见远处烟尘滚滚，战旗飘扬，上面绣着斗大的"秦"字，一支秦国的军队正向他的国家开来。他没见郑国有出兵打仗的迹象，看来对于秦兵的偷袭是一点准备也没有。他见秦军气势汹汹而来，心里十分着急，他想道："国家不存，哪有我家？郑国如若被灭掉，我家中的妻子儿女又将如何？"无意中回头看看身边的牛羊，他眼睛一亮，心生一计："我何不假冒使臣，用我的牛羊骗取秦军的信任呢？"

只见弦高吩咐手下人从牲口群中挑选膘肥体壮的牛羊出来，然后又派人迅速回郑国报信。布置妥当以后，他从衣箱里拿出一套崭新的长袍换上，叫手下人在前面赶着，他在后边不慌不忙地朝秦兵的方向走去。

弦高见了秦兵，上前打拱行礼，说道："请你去通报你们将军，就说郑国使臣弦高求见。"

孟明视听了士兵的通报，很是疑惑，心想："我们这次出兵这么谨慎小心，郑国怎么会知道呢？"但又不能不见，只好吩咐底下士兵迎接弦高。孟明视与弦高见过礼，便问道："贵使臣前来有什么公干吗？"

弦高镇定地走上前，说道："我们国君听说贵国大军前来，特意派我备上牛羊前来慰问。将军如果只是路过这里的话，我们国家虽小，更谈不上富裕，但还是给贵国大军准备好了粮食柴草，并且还特地为贵国大军选派了晚上守卫的卫队……"

就在弦高与秦军周旋的同时，他先前派去禀报的人已到了故国，把秦军偷袭的情报禀报给郑穆公。郑穆公得知这一情况，又惊又怕，连忙一面派人监视秦军活动，一面动员军民做好迎战守城的准备。

孟明视看到弦高送来犒劳的牛羊，以为郑国真如弦高所说已做好了准备，担心久攻不下，难以取胜，便假意对弦高说："我国已与贵国结为盟国，绝无他意，只是路经这里，烦劳弦大人回去转达我的谢意。"

弦高等人走远后，孟明视对西乞术、白乙丙两位副帅说："杞子这个小人骗了我们，害得我们千里迢迢白跑一趟。日子一长，粮草恐难接济上，这里不宜久留，我们还是回去吧！"

秦军在回国的途中，被晋军打了伏击，几乎全军覆灭。由于商人弦高的机智，郑国避免了一场灾难。

美马计

    战国时期，塞北的匈奴人经常南侵，骚扰赵国的边疆，掠夺百姓的财物、牲畜，将军李牧奉命驻守雁门关，抵御匈奴。李牧兵马有限，在较长一段时间内处于守势，匈奴人则依仗强大的骑兵，纵横奔驰，不把李牧放在眼里。

    一天，匈奴人把数百匹好马赶到河边洗浴。李牧在雁门关上远远望见，馋得心头直痒痒，心想："要是能把这数百匹好马夺到手，既壮大了自己的实力，又大杀了匈奴人的威风，多美的一桩事！"但是，李牧知道，只要他打开雁门关的城门，匈奴人就会把马群赶回去，而且匈奴大军离小河也不很远。李牧想着，看着，看着，想着，猛地从数百匹欢腾嘶叫的骏马中悟出一条妙计来："匈奴人的骏马尽是雄性，如果用几百匹母马来引诱它们，逗引它们全跑过河来，再把它们赶入城市，岂不是白白得到数百匹骏马！"

    母马城内就有，不需远求。李牧下令挑选了几百匹母马，让士兵们把母马牵出城，系在隔河的树荫下。不一会儿，一匹匹母马仰头向着河那边嘶叫起来；河那边匈奴人的数百匹公马听到母

马的叫声，一个个抬起头来向河这边的母马张望。接着，几匹公马带头嘶叫起来，似乎是在回答母马的"召唤"。随后，几匹公马率先游过河，向树荫下的母马奔去。群马有了"带头者"引路，一阵狂嘶，纷纷渡河狂奔而去，看马的匈奴人想拦也拦不住。早已守候在河岸旁的赵军将士乘机一拥而出，将数百匹好马赶入雁门关中。

李牧"就地取材"用"美马计"夺得匈奴人数百匹好马，壮大了自己。这一妙计在唐朝"安史之乱"中得以再现。

当时，唐将李光弼与叛将史思明在河阳形成对峙局面。史思明自恃兵强马壮，不把李光弼放在眼里，每天都要驱赶战马到河边洗浴。李光弼眼睁睁地看着上千匹的骏马就在眼前，却又不敢轻举妄动。一天，李光弼突然想起了李牧的"美马计"，他想："李牧之计或许是传说，今天，城内有的是母马，我何不试它一试？"于是下令把城中的母马全部挑选出来，总共选得五百匹。李光弼命令把幼马系在城内，当史思明的马跑到河边后，将五百匹母马全部驱赶出城。母马到了城外，念及在城内的幼马，一匹母马叫了起来，其余的母马也都跟着嘶叫不止。对面史思明的千余匹骏马听到叫声后，公马率先渡河而来，剩余的母马依恋同伴，也跟着渡过了河，唐军官兵高高兴兴地把千余匹骏马赶入城中。

甘罗妙计

战国时期，秦相甘茂的孙儿甘罗，年少聪颖，机智过人，十二岁做了秦相吕不韦的家臣。一天，秦相吕不韦找来张唐，说准备派他去燕国当相国，张唐却不愿去，并说："大人，在下曾为秦昭王攻打过赵国，赵国对我恨之入骨，悬赏捉拿我。如果再去燕国的话，必途经赵国，那是很危险的事。大人，请恕在下不能从命。"

吕不韦不好勉强张唐，闷闷不乐回到府中。这时家臣甘罗听说此事，便对吕不韦说："大人，让小人去劝劝张将军。"吕不韦很不高兴地说："去！去！本大人亲自请他去，他都不肯答应，他会听小孩家的话吗？"甘罗极不服气地说："大人，您一定听说过项橐七岁当孔子老师的事吧！小人现在已经十二岁了，怎么不能做这些事？如果小人请不动他，大人再骂小人也不迟嘛。"吕不韦迫于无奈，只好说："好，好！你就去吧。"

甘罗见到张唐，便问："张将军，请问是您的功劳大，还是武安君白起（秦国名将）的功劳大？"张唐回答说："当然是武安君白起的功劳大啦，他曾打败过楚军、赵军、燕军，屡建奇

功。我怎么能与他同日而语呢？"甘罗又问："张将军，再请问您，是吕相国的权力大，还是范相国（即范雎）的权力大？"张唐回答说："那当然是吕相国的权力大啦！"于是甘罗便说："应侯（即范雎）要攻打赵国，武安君白起不肯去，离开咸阳七里就死于杜邮。而今，文信侯（即吕不韦）亲自请您去燕国，您却坚决不愿去，依小人看，您不知将要死在何地……"张唐一听，着了慌，急忙叫人准备行装，打算去燕国。

　　甘罗回到吕府，对吕不韦说："大人，张将军经小人劝说，准备去燕国。不过，他仍担心途经赵国时会有不测。请大人借给我五辆马车，让我出使赵国疏通疏通，不知大人意下如何？"吕不韦一听，嗬！这小子看不出来，还有一手呢，便答应了甘罗。

　　过了几天，甘罗以使者身份来到赵国。赵襄王亲自迎接，见是一位乳臭未干的小子，便露出几分瞧不起的神色。甘罗不去理会这些，便直接问赵襄王："大王一定知道燕国叫太子丹到秦国做人质，也一定知道秦国派张唐去燕国做相国的事吧？"赵襄王回答说:"知道。"甘罗接着说:"大王既然已经知道,理应明白贵国所处的地位。燕国叫太子丹到秦国做人质,说明燕国信任秦国;秦国派张唐去燕国做相国,说明秦国对燕国放心。这样做,秦、燕两国结成联盟,以便对付贵国。依小人之见,大王不如将靠近河间的五座城割让给秦国,小人可回去求秦王,取消秦、燕联盟,与贵国结成联盟。到时贵国要收拾燕国那就不成问题了,贵国所得利益比起失去五座城池来,不知要大多少。"赵襄王一听,这小子虽然年幼,但非同凡响。便立即答应割让五座城池给秦国,秦国将太子丹送归燕国。后来赵国起兵攻打燕国,拿下上谷一带三十座城池,将其中十一座拱手让给秦国。秦王因甘罗有功,便封其为上卿。

韩信大破赵军

韩信和张耳率领数万兵马，准备东下井陉攻打赵国。赵王和成安君陈余得知汉军要袭击他们，就把军队调聚至井陉口，号称屯兵二十万。广武君李左车向成安君献计说："听说汉将韩信渡过黄河，俘虏了魏王，擒拿了夏说，最近又血洗了阏与。现在又在张耳的辅助之下议论着要攻克赵国。他们乘着胜利的威势而远离本国前来打仗，锐气不可阻挡。不过我听说'从千里之外运送军粮，士兵们必然面有饥色；靠现打柴草引火烧饭，军队不可能吃得很饱'，现在井陉的道路狭窄，两辆战车就不能并行，骑兵也不能列队前进。行军几百里，看这情势，他们的粮食必定在后边。请您给我三万精锐的奇袭部队，让我从小路上去断绝他们的物资运输。您只需深沟高垒，坚守营壁不要与他们交战。这样一来，他们向前则无法战斗，向后又断绝了退路。我的奇袭部队断了他们的粮草，使他们在荒野上搜掠不到可吃的东西，用不了十天，就可把韩信、张耳的头颅献到您的面前。"成安君陈余本是个迂腐的读书人，常说："讲仁义的军队不应该使用骗人的奇计异谋。"他不同意李左车的建议："我知道兵法上讲的兵力十倍

于敌就可以包围敌人，兵力一倍于敌就可以对阵交战。韩信虽然号称兵力数万，实际上不过数千而已。他从千里之外来袭击我们，一路上已经精疲力竭。如果我们避而不战，那么以后有了更强大的敌人，又怎么能够战胜呢？这样做，各诸侯都会认为我们软弱可欺而轻易来攻打我们。"

韩信派出的侦察人员探听到李左车的计谋未被采用，回来报告了韩信。韩信非常高兴，这才放心地率领军队向井陉口进发，在距离井陉口三十里的地方停下扎营，半夜时分下令军队出发，挑选出轻装的骑兵两千名，每人带一面红色的标旗，从小道上以山势为掩护，悄悄地观望赵军的动静。韩信对骑兵们说："赵军若见我们败退，一定会倾巢而出前来追赶，这时你们立即冲进赵军营垒，拔掉他们的旗帜，插上我们汉王的红旗。"又命令副将给每个士兵分发食品，并说："今天我们打败了赵国的军队以后再正式聚餐。"韩信还对军吏们说："赵军已经抢先占据了有利的地势建营扎寨，而且，他们看不到我们大将的旗号和仪仗，是不会对我们的先头部队进行攻击的，因为怕我们走到山险路狭的地方就会退回来。"于是命令一万人先行出发，背着河水排开战阵。赵军中的兵士们望见之后都哈哈大笑。天色大亮时，韩信带领军队，高举着大将的旗号擂鼓前进，浩浩荡荡地出了井陉口。赵军大开营门，士兵们冲出去同韩信的军队交战。韩信、张耳假装战败，丢旗弃鼓向水上军阵逃去，水军闪开来让汉军进去后又与赵军进行了一场激烈的战斗；不出韩信所料，赵军果然倾巢而出，一面争抢汉军丢弃的旗鼓，一面追击韩信、张耳。这时韩信、张耳已经进入水上军阵，士兵们奋勇与敌决一死战，结果赵军无法击败汉军。韩信原先派出的两千名骑兵趁赵军倾巢而出争夺战利品的间隙，飞马疾驰，进入赵军营垒，把赵军的旗帜尽皆拔掉，另插上了汉军的两千面红旗。赵军因不能取胜，正打算退兵回营。这时赵军营垒上已经全是汉军的红旗了。赵军大惊，以为汉军已经抓住了赵军的将领，于是大乱，争相逃命。赵将虽然斩杀逃兵，也无法阻止士兵们逃跑。此时汉军内外夹击，大破赵军，把成安君陈余杀死在氏水之上，活捉了赵王歇。

孤胆英雄——杜畿

　　建安十年（公元205年）曹操平定河北以后，刺史高干在并州举事反叛。这时河东太守王邑被征调入京，副吏卫固和中郎将范先假意向曹操求情，请求王邑留任，暗地里却与高干同谋。曹操对随军谋士荀彧说："关西诸将依仗地势险要和战马多，如果前去征伐，必定会激起叛乱。张晟在淆渑一带作乱，与南面的刘表互通往来，现在卫固等人又与他们勾结，我担心这些人会成为大祸患。河东有山有水，是国家重要之地。边境不安宁，我想请你推荐一位英才，来镇守河东。"荀彧说："杜畿可以，他的勇敢足以排忧解难，他的智慧足以随机应变。"于是，杜畿被任命为河东太守。

　　卫固等人用数千士兵封锁陕津渡口，杜畿无法渡河到河东上任。曹操派大将夏侯惇来讨伐卫固等，大部队还未到。这时有人主张："等大部队来后再做决定。"杜畿则说："河东有三万多户百姓，并不是都想谋反作乱。如果现在发兵急征，河东内部支持我们的善良百姓就失去了依靠，他们会因惧怕而屈服于卫固。卫固本来就独断专行，誓死与我们一战。我们的讨伐如果不能取

胜，想侵犯的四邻会趁机而来，那样天下就会大乱；我们的讨伐如果取得了胜利，那么遭到战争摧残的是无辜的百姓。既然卫固等曾请求让王邑留任，就说明他们并未明显地拒绝皇上的任命，也一定不敢加害于我。我单车直往，将会出其意料之外。卫固虽诡计多端，却优柔寡断，一定会假装接待我。只要能在郡中住一个月，我就能用计谋制服他们。"于是杜畿秘密地到达了河东。

范先想杀掉杜畿向群众示威，为此暗中观察他的行动。范先故意在杜畿门前斩杀了主簿等三十多人，看他反应如何，可杜畿依然举动自若，好像什么也没看见。为此卫固对范先说："杀了杜畿对我们毫无用处，只能落得个杀人的恶名，况且他的生死已完全掌握在我们手中。"卫固、范先决定接纳杜畿，让他当个挂名太守。杜畿对卫、范二人说："你们二位是河东的希望，我是盼望你们成功的。然而君臣、上下的名分有一定之规，我们之间是共成败的，大事应当共同商量。"于是，让卫固做都督，总管一切，而将校吏兵三千多人，统归范先指挥。卫固等人大喜，只是表面上服从杜畿，暗地里并不把他看重。卫固想发大兵举事，杜畿十分担忧，劝说道："自古以来，要做一件不同寻常的大事，都不能搞乱众人之心，现在大规模地征兵，必然会扰动百姓，不如慢慢地用钱来招募士兵。"卫固认为杜畿言之有理，就听从了。经过数十日调拨，征兵之事定了下来，但诸将吏为了多捞军费，名义上应募的多而实际派遣的兵很少。这时杜畿又对卫固等说："人之常情是关心和思念家庭，应该让将领官员轮流回家探亲休息，无论缓急，都可招之即来，并不费事。"卫固等怕违逆众人之心，又听取了杜畿的意见。这样，好人在外边，已暗中成为杜畿的支持者，而恶人们都分散回到了自己的家。大家都离开了卫固等，削弱了他们的力量。这时，张晟率兵攻打河东的垣县，高干进入河东的通泽县，同时，上党诸县杀了长吏，张农郡提了郡守，卫固等想秘密调兵，结果未调成。杜畿知道各县都愿归附自己，就离开郡衙，亲自率领几十个骑兵赴张辟据守。这时河东许多县的官吏和百姓都全城支持杜畿，十几天的工夫，就组织了四千人马。卫固、高干与张晟等共同攻打杜畿，结果以失败而告终。他们又去侵占诸县，也无所得。不久，曹操大军开到，大破叛军，高干、张晟失败而逃，卫固等人被斩，其余党羽都被赦免，仍恢复其原来的职位。

李孚伪装进敌营

建安年间，袁绍之子袁尚统治冀州，以李孚为主簿。后来袁尚与他的兄长袁谭争权，便率兵向据守平原的袁谭发动攻击，留审配镇守邺城，李孚随袁尚一同出征。恰逢曹操统领大军包围邺城，袁尚便从平原撤兵回救邺城。行至半路，袁尚担心邺城兵力装备不足，又想让守城主将审配了解外面的动向，便与李孚商量准备派人进入城中。李孚对袁尚说，"现在要是派一个头脑简单的人去，不但不能了解内外的情况，恐怕连城都进不去。我请求您让我亲自去一趟。"袁尚问李孚："需要多少人马？"李孚说："听说邺城被包围得很严，人多了容易暴露，我认为只要带三个骑兵就够了。"袁尚采纳了李孚的计谋。李孚亲自挑选了三名温和诚实的骑兵，没告诉他们去哪儿，只是命令他们备好干粮，不得携带武器，每人配备了一匹快马。李孚告别了袁尚南去，夜晚就在界站落脚休息。等到达梁淇时，李孚让随从砍了三十根刑杖，挂在马鞍旁，自己戴上曹魏武官的头巾，率领三个骑兵，傍晚时来到邺城城下。此时，曹军虽有禁止进出城的命令，但出城割草放牧的仍然很多。因此李孚在夜间赶到邺城外，趁鼓敲一更

时分混入曹魏的围城军中，自称巡视都督，从北面进入曹魏的大军营区，沿着标记，向东巡查，再从东绕过标记，向南查巡，一路上不断呵斥围城的将士，遇到违反规定的，根据情节轻重，分别给予处罚。接着经过曹操所驻的军营前，径直奔向南围，从南围角西折，来到了正对着章门的正南门，李孚又怒责守围的曹军，还命令手下的人把他们捆绑起来。随即打开围门，策马奔到城下，向城上守军呼喊，城上人垂下绳索，把李孚吊上城去。审配等守城将士见到李孚，悲喜交集。围城的曹军把李孚巧扮武官入城的情况上奏曹操，曹操笑着说："他不光能进城，而且不久他还能出城。"李孚办完事后想回去，但考虑到守围的曹军已加强戒备，不能再冒充曹军武官。然而，自己重任在肩，必当火速返回，便暗设一计，请求审配说："如今城里粮少人多，可以把一些老弱无用者驱逐出城，来节省粮食。"审配接受了他的建议，

连夜挑选了几千人，让这些人每人拿着一面小白旗，从凤阳门、
章门、广阳门一起出来投降。还命令他们人人都持火把，李孚和
三个骑兵也换上了"投降"百姓的服装，随着他们乘夜混出。这
时，守围的曹军将士，听说城里的人都出来投降了，所持火炬的
光亮照耀着天地，便一起出来观看炬火，不再看守城围。李孚等
人出了北门，便从西北角突围而去。

慕容翰装疯卖傻

晋成帝咸康三年（公元337年），慕容皝做了前燕国君。他执法严厉苛刻，国中百姓多感不安。主簿皇甫真恳词劝谏，慕容皝不听。慕容皝的同父异母兄长建威将军慕容翰、同胞弟弟征虏将军慕容仁，都智勇双全，数建战功，深受士兵拥戴；小弟慕容昭，才艺超群。三人皆受父亲老慕容的宠爱，慕容皝因此忌惮他们。慕容翰叹息道："我做的事，都是秉承父亲的旨意，不敢不尽力，有幸依赖父亲的神灵，所向披靡，这是上天辅助我国，并不是人的力量所及。而世人认为这全是由我所为，便认定我有雄才大略，难以制服，我怎能坐而待祸呢？"遂带着儿子逃奔到段氏部落。段氏部落的首领段辽早已听说过慕容翰的才干，希望他能留下为己所用，便很爱惜敬重他。

后来，段辽因弟弟段兰和前燕作战惨败，不敢再和前燕对抗，遂率领妻子儿女、宗族富户一千余家，放弃了首府逃到了密云山。临行时，段辽拉着慕容翰的手哭泣着说："先前没听你的话，自取败亡。我本该如此，只是让你无处安身，深感惭愧。"慕容翰便向北投奔宇文部落。

宇文部落的首领宇文逸豆归嫉恨慕容翰的才能名声，慕容翰便假装疯癫，狂饮醉喝，有时随处躺卧，随处便溺；有时披头散发、狂呼乱叫，靠跪拜讨食度日。其实他是搜集敌方政治、经济、军事情报。宇文部落的人都看不起他，随他放任自流，不再提防他。因此，慕容翰能在宇文境内随意往来，山川地势，他都默记在心。燕王慕容皝认为慕容翰当初并非叛乱逃亡，是因猜疑而出奔，便派商人王车前往宇文部落，以经商为名察看慕容翰的意图。慕容翰见到王车，缄默不语，只是拍胸点头。接到报告的慕容皝说："慕容翰是想回来呀。"

慕容翰能拉动三石多重的强弓，箭尤其长、大，慕容皝为他造了可手的弓箭，让王车把它埋藏在道旁，然后密告慕容翰。晋咸康八年（公元342年）二月，慕容翰偷窃了宇文逸豆归的名马，带着他的两个儿子去埋藏地取了弓箭，逃归故国。宇文逸豆归派一百余名勇敢善战的骑兵追捕。慕容翰说："我久客他乡，思归心切，既然已经上马，绝无再回之理。我从前装疯卖傻是为了欺骗你们，我的本领仍然不减当年，你们不要逼我太甚，自取灭亡。"追兵没把他放在眼中，策马直冲而来。慕容翰说："我久居你们国家，尚有眷恋之情，不想杀你们。你们把刀立在离我一百步远的地方，我射它。若是一箭射中，你们就回去；若是射不中，你们可以前来追我。"追兵解下身上的佩刀，把它立在地上，慕容翰只一箭，就射中了佩刀，追兵逃散而去。慕容皝听说慕容翰回来了，很高兴，以厚礼相待慕容翰。

这一年的冬季十月，建威将军慕容翰对慕容皝说："宇文部落一直强盛，总是我国的祸患。现在宇文逸豆归篡权夺位，人心不服，再加上他昏庸愚昧，将帅都是些平庸之辈，国家没有防卫的力量，军队没有经过严格训练。我久居他国，熟悉他们的地理形势。虽然他们依附强大外族，但外族离宇文部落较远，声势不能相接，救援不上。现在若是攻打它，百战百胜。然而高句丽国离我们很近，一直在打我们的主意，他们知道，宇文部落如果灭亡，灾祸将降临到自己头上，所以一定会乘虚而入，袭我不备。如果我们留的士兵少，则不足以坚守；如果留的兵多，又不利于前方。高句丽国是我们的心腹之患，应该先把它除掉。从他们的势力来看，一举即可攻克。宇文部落只不过是个唯守己利的敌人而已，一定不能远来争利。夺得了高句丽，再来攻取宇文部落，易如反掌。荡平了高句丽、宇文部落，我们所获的利益就可广至东海边，国富兵强，而无后顾之忧，然后就可专力图谋中原地区了。"

慕容皝说："好主意。"遂发兵袭击高句丽国，捣毁了高句丽，凯旋。晋康帝建元元年（公元343年）春二月，宇文逸豆归派宰相莫浅浑率兵攻打燕国。燕国的将领争相领兵迎战，燕王慕

容皝不允许。莫浅浑以为慕容皝害怕他，便狂饮纵猎，不加防备。慕容皝命令慕容翰出击，打败了莫浅浑的部队，仅莫浅浑一人逃脱性命，其他的人全都做了俘虏。

晋康帝建元二年（公元344年）春季正月，燕王慕容皝与左司马高诩谋划讨伐宇文逸

豆归，高诩说："宇文部落很强盛，现在不把它打败，必是我国的后患。攻打它一定能胜利。"高诩出来对人说："我这次出征，肯定不会再回来，但忠臣不避死。"于是，慕容皝亲自率领部队攻打宇文逸豆归，让慕容翰为前锋将军，兵分三路并进。高诩临出发时，派人传话安排了家事就动身了。

宇文逸豆归派南罗城主涉夜干率精兵迎战，慕容皝派人策马疾驰前线，对慕容翰说："涉夜干勇冠三军，最好稍稍躲避一下。"慕容翰说："宇文逸豆归倾其国内精兵交付涉夜干，涉夜干素以勇敢闻名遐迩，为国家的中流砥柱。现在我要是把他打败了，宇文部落就不攻自溃了。而且我了解涉夜干的为人，虽然名声在外，其实很好对付。不应该躲避他，来挫伤我军的士气。"遂开始进攻。慕容翰亲自冲锋陷阵，涉夜干也出阵迎战，慕容皝派兵从侧翼拦击，遂斩涉夜干。宇文部落的士兵见涉夜干被杀，不战而溃。燕军乘胜追击，攻克了宇文部落的都城。宇文逸豆归逃到沙漠之北而死，宇文部落从此败亡。

种世衡巧使离间计

传说，北宋庆历年间，西夏与北宋王朝兵戎对峙。西夏王赵元昊手下有两员心腹大将，一个叫野利王，一个叫天都王，各统一支精兵，都非常英武。宋将种世衡想派间谍打入敌巢，离间赵元昊和他两个将领的关系。

紫山寺有个和尚号称法嵩，种世衡观察他坚强朴实，是个有用的人，便把他请到军中，劝他从了军。随后，法嵩作战立了功，世衡表举他为指挥使。从此，衣食住行，对他关怀备至，法嵩十分感激。

有一天，种世衡突然生气地指责法嵩："我把你像儿子一样看待，你却私下和敌兵勾结，辜负我太甚了。"接着，对法嵩上刑数十天，但法嵩始终没有怨恨，说道："俺法嵩是个丈夫，种公听信奸人的话，即使把我杀了，不过一死了之，我决不负种公。"

时过半载，种世衡考察法嵩确实没有怀恨之心，便把他请到自己家里，亲切地安慰、感谢他，说："你本来没有罪过，我这是试探你。因为我打算派你去做间谍，那个苦可比这大多了。你能不能答应我绝不泄露机密？"法嵩极为感动，哭着应允下来。临走时，种世衡交代了任务，给法嵩带了很厚的礼物，告诉他到了西夏，要设法见到野利王，不通过此人就不能打入他们内部。末了，种世衡脱下自己穿的锦袍赠送给法嵩，说："北边冬天太冷，这袍子送你留作纪念吧。"

法嵩按照种世衡的嘱咐，来到西夏王赵元昊那里后，因千方百计要见野利王，引起了敌人疑心。敌人在对他进行审问和搜查中，从种世衡赠送的那件锦袍领子里搜出一封密信，拆开一看，原来是种世衡写给野利王的，措辞非常亲切，法嵩因不知道袍领里藏着密信，敌人虽严刑拷打，他终没说出真情。赵元昊由此怀疑野利王反叛，就把他杀了。

野利王被杀，种世衡又想方设法除掉天都王。于是，他在边境上设立祭坛，悼念野利王。写在板上的祭文大意是：两将有意归顺本朝，事情快要成功了而突然遭变。世衡把祭文夹杂在纸钱中，看到敌人来了赶紧逃跑。因板上的字不会立即烧掉，敌人捡到后献给赵元昊，天都王因此又成了怀疑对象而被治罪，从而削弱了西夏的力量。

蔡智堪智取《田中奏折》

臭名昭著的《田中奏折》，属于日本最高国策，十分机密。裕仁天皇阅后，由于国内决策阶层意见不一致，故未批给内阁执行，密藏于日本皇宫内皇室书库中。日本皇宫有大门24道，偏门36道，每道门有多名警卫看守。警卫手执长刀，戒备森严。各门前设有长桥，俗称"断足桥"，凡潜渡者，警卫先断其足，再处死刑。《田中奏折》密藏于内，敌人欲要看到，比登天还难。

1928年6月1日，日本华侨巨商蔡智堪收到了从中国沈阳寄来的一个邮包，拆开一看，是一盒月饼。他立即切开月饼，找到一张纸条，上面用毛笔写着："英美方面传说《田中奏折》，对我国颇有利害，宜速图谋入手，用费不计多少。树人。"

蔡智堪看完信，知是张学良政府外事秘书主任王家帧写来的秘密指示。"树人"是王家帧的别号。蔡智堪是位爱国华侨，身在异邦，心系中华，早在清末就参加了孙中山的同盟会，以财力物力支持孙中山的革命活动。他深知这份奏折事关大局，深感责任重大，反复思索谋取方法。

蔡智堪查明，1927年8月16日，田中义一首相在日本占领的

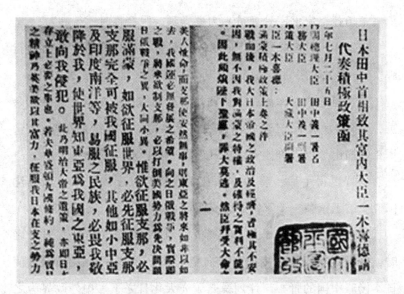

中国大连召开内阁会议，研究确定侵华政策及有关重大问题，最后制定出《对华政策纲领》，形成了侵略我国东北的计划。会后，田中写成奏折呈裕仁天皇。

蔡智堪是有名的日本通，对日本了如指掌，决定采取外交手段获取这份奏折。他找到民政党的床次竹二郎，知其与田中派的政友会有矛盾，反对《田中奏折》的侵略计划，认为日本当时发动侵华战争，必引起国际舆论谴责，引起国内政局动荡。蔡向其建议，设法公开《田中奏折》，借以推翻田中内阁，使民政党重新上台。床次听了大喜，要蔡智堪设盛宴，用中国高级酒菜，宴请反对田中的元老派牧野等人。宴会上，床次与蔡智堪先后讲话，指出《田中奏折》可能引起的危害。

一星期后，床次对蔡智堪说："牧野说，中国政府如果敢于将《田中奏折》公布于世，元老派可利用英美舆论阻止田中武力侵华。"并说："只要中国政府承诺这一点，牧野即可让你去皇宫秘密抄写奏折。"蔡智堪请示王家桢同意后，牧野令其弟山下勇（正担任皇家书库管理员）为蔡弄到一张"临时通行牌"。

1928年6月26日深夜11时50分，蔡智堪手持金质"临时通行牌"，扮成一名裱糊匠，由山下勇领路，引入皇宫内，进入书库。

蔡智堪进入书库后，库员西尾宽取出《田中奏折》（共60余页，长达3万余字），蔡智堪即用携带的薄质碳酸纸铺在原件上，用铅笔描出。当夜未抄完，次日夜再进宫抄写完毕。

蔡智堪得手后，将抄本藏在手提皮箱夹层内，亲自送回沈阳，交给王家帧。王家帧立即交张学良过目，第二天送赴南京。

1931年，"九一八"事变前夕，日本侵华气焰日益嚣张之时，张学良等人以白皮书形式向全世界公布了《田中奏折》，使日本侵略中国的野心与计划暴露于光天化日之下。中外政界为之震惊，日本当局受到了全世界的谴责。

赵登禹奇谋胜敌

中日战争开始时，日军在喜峰口吃过宋哲元大刀队的亏后，便调集大军四万向长城一带作扇形进攻。虽然中国最高当局亦派中央军黄杰、关麟征、刘戡、王敬玖等精锐部队北上增援，但装备毕竟不如人，在敌人的强大炮火与空军地毯式的轰炸压力下，亦伤亡惨重。

二十九军之宋哲元、张自忠等将领，见形势过于危殆，实在无法与敌人正面阵地战，乃另出奇谋以遏阻敌锋芒。

一次，日军向长城古北口方向进攻，此地尽是山区，形势险要，路径崎岖，日军找到了六名当地人做向导。此六人，表面是老实的农民，其实是二十九军的特工。他们把日军一个前锋联队（等于中国一个团）领入一处狭窄的山区盆地中。这个联队一进入盆地，发觉不妙，指挥官栗屋大佐即叫副官找那六名向导，发现他们已逃得无影无踪了。察觉上当，急令日军后撤。但说时迟，那时快，四围的地雷响了，山崩地裂，沙石散飞，硝烟冲天，炸得日军尸骸遍地，断腿残脚乱飞，原来日军已走进二十九军的地雷阵中。那六名向导躲在山石后面点燃了导火索，日军联

队的千余名官兵，只剩下十四名奄奄一息的重伤者。

当地雷爆炸时，日军二十多架飞机只在高空盘旋，因分不清敌我，找不到目标，所以不敢贸然投弹。

地雷爆炸刚停息，日军的援军亦赶到，时已黄昏，乃就地宿营。到子时，四面突然枪声又起，喊杀连天，却又看不见敌人踪影。日军自恃人多势众、武器精良，便展开深夜搜索。搜索至拂晓时分到一山区，朦胧中见满山都是中国兵，大炮坦克车成排，惊悸之下，乃停止搜索，坚守阵地准备战斗，一面用重炮轰炸，阵地一片火海。但那些中国兵却不见被炸倒，又不见发炮还击，坦克车亦不见开动。好不容易挨到天亮，日军冲上山头去，才明白那些中国兵全是纸扎的，大炮和坦克车也是用薄牛皮制成的。

此次二十九军出奇谋打胜仗，是当时的少将旅长赵登禹的谋略。

东方魔女——川岛芳子

在日本对华侵略史上，有一个最成功、也最臭名远扬的女间谍，她就是川岛芳子。她以女扮男装、放荡不羁、美艳绝伦而闻名于世，在日本谍报史上，取得了从未有过的成绩，为日寇侵华立下了"汗马功劳"。在当时的满洲报纸上，新闻界称川岛芳子是满洲的"贞德"——这当然玷污了这个法国的女英雄，但她那惊世骇俗的"男子形象"和她那富有传奇色彩的故事，倒也沾染了几分"英雄"气息。

不过，对于那些著名的大间谍，往往很难区分哪些是他们的业绩，哪些是逸闻。

的确，迷人的川岛芳子留给人们的"谜"实在太多、太多……

身为清朝皇家格格，却又有着东瀛日本国籍，更和日本有着千丝万缕的瓜葛——身世迷人。

1906年，北京，清王朝第十代肃亲王府。

"报！恭喜王爷，侧妃娘娘生下一名格格。"

这个公主，是肃亲王的第四侧妃所生，在排序上列第14位。

　　肃亲王除正妃外，还有4个侧妃。她们共为他生了21个王子和17个格格。这刚刚生产的侧妃正是他最宠爱的。

　　他给这个刚落地的格格取了个好听的名字：显玗。

　　只是他并不知道，他的这个女儿日后竟是一个显赫一时的日本间谍！

　　但是，肃亲王肯定也在这个格格的身上寄托着自己的某种企图。

　　肃亲王当时任中国首都巡警局的头头。这样一个微职，表明他实际上被排斥在清王朝朝廷的圈子之外。他当然心有不甘。

　　不过，这并不妨碍他仍然是一个举足轻重的人物。1901年，他就曾代表中国政府参加了英国爱德华七世的加冕礼。而这时，出身于日本东京间谍世家的川岛浪速出现了。

　　川岛浪速年轻时就到过中国，1904年日俄战争爆发后，他被调到北京任日本警察局局长，这样，他和肃亲王自然拉上了关系。富有政治头脑的川岛浪速设想，日本应该首先控制整个满洲和华北。为实现这一设想，他准备采取让执政的满洲王朝统治者扮演一名傀儡的角色。而肃亲王就是满洲国的积极支持者。于是，他们的合作关系更加密切了。

　　后来，肃亲王在辽东半岛的大连，还创建了一个名叫"汗山所"的秘密团体，准备一旦机会到来便同日本人合作，由自己出任国家元首。为此，他毫不犹豫地卖掉了他珍藏的古玩玉器和个人的财宝，筹措了一笔巨款给"汗山所"做活动经费。

　　由于肃亲王和川岛浪速的特殊关系，这个名叫"显玗"的格格就做了川岛浪速的养女。川岛浪速按照中国的习惯，给养女起了个字，叫她"东珍"。

　　川岛浪速对他的养女说："'东珍'的意思就是，你以后要去东洋日本，希望你作为东洋日本的珍宝，并能成为一个出类拔萃的人物。"他还给她入了日本籍，这样，她实际上有了双重国籍。

1913年，在显玗7岁的时候，随着清王朝的灭亡，她随养父川岛浪速到了日本。具有强烈武士道精神的川岛浪速，出生在一个"萨木拉依"（武士）家庭，也就是今天中国连小孩子都知道的"忍者"。养父有实现"满蒙独立"的梦想，于是，川岛浪速给显玗规定的日课，是向她灌输分裂中国和亲日的反动思想。

过了一段时间，川岛浪速又给她起了个"良子"的日本名字。但无意中，人们把"良子"叫成了"芳子"。于是，川岛芳子这个名字就叫起来了。

芳子在日本生活到第九个年头的时候，即在她16岁时生父肃亲王去世。此后，川岛浪速便成了她唯一依靠的亲人。生父的死，并没有给7岁就离开父母、远渡重洋，在异国他乡的家庭教师和几个用人的伺候下长大的芳子带来多少悲痛和寂寞。芳子先是在丰岛师范附属小学读书，后来又成为松本高等女校的插班生。这个学校后来改名为蚁崎高等女子学校。但这个学校的学籍中并没有川岛芳子的名字，也没有有关她的情况的记录，据说这是因为她当时只是一个旁听生。

就这样，一个清朝皇室的公主，其身世就抹上了一层朦胧的色彩。

明明是妖艳四射的女中娇娃，偏偏又是粗犷不羁的"男装丽人"——举止迷人。

川岛芳子天生丽质，美艳清秀。在她就读松本高女校时，更是出落得如花似玉，风华绝代。每到星期日，一批批青年军官就蜂拥着到川岛家做客，名义上是仰慕川岛先生并聆听他的"教诲"，实际上醉翁之意不在酒，他们的视线和心思，都在这个魅力四射的清皇室格格身上。事实上，芳子曾和一个年轻日本少尉热恋过，但由于那个军官优柔寡断，在关键时刻退却了，初次失恋的芳子为此伤心地度过了许多个不眠之夜。

但兴许是祖辈的遗传基因，抑或是川岛浪速刻意把她当作一个男孩子培养的结果，芳子的性格奔放不羁。在松本高女校读书时，她居然骑马到学校上课，颇有满族先辈的遗风。有时她的马没拴好，满校园乱跑，把学堂闹得西洋景似的。学校当局为此十分恼火，但碍着川岛的面子，只好睁只眼闭只眼。

芳子的穿着打扮也总是与其他女学生不一样，她不爱"红装"，却爱男装，连头发也理成小分头。为此，也给她带来了一些麻烦。一次她去一个温泉沐浴，一身男装、男相的她，把澡池里的女人们吓得哇哇乱叫。芳子这时才把胸前的浴巾猛地一下甩开，露出自己丰满的乳房，才平息了女人

的砍头之罪。于是，汪精卫通过种种关系，把川岛芳子保释出来，算是报了十几年前她父亲的救命之恩。

1931年，任奉天和哈尔滨特务机关长的土肥原贤二到达天津，图谋把清朝废帝溥仪秘密接到"满洲国"。

土肥原贤二这个名字，第一次世界大战以后，在北京武官任上就被叫响了。世界新闻界称他为"满洲的劳伦斯"，但有人认为，他比托马斯·爱德华·劳伦斯上校在阿拉伯的所作所为还要残忍得多！

英国驻东京原大使罗伯特·克雷吉爵士对土肥原贤二的评论是："……当他悄悄地、不动声色地到达某个地区时，可以肯定地说，这就是那个地区将发生动乱的先兆。"

土肥原和溥仪在1924年就是朋友了，因为冯玉祥将军把溥仪赶出紫禁城后，溥仪想去英国大使馆避难，但令这位前皇帝惊诧的是，英国人拒绝了对他庇护的要求。要知道，溥仪曾聘请过英国人当他的教师，他本人也是亲英的。不过，英国此举却正合土肥原的意思，他紧紧抓住了这个机会，连夜让这个废帝离开了北京，不久便搬进了天津日租界内的张园。

土肥原把来意向溥仪一说，没想到这位前皇帝无意于东山再起，再登大宝。于是，有一天，溥仪在收到的两筐水果中也同时收到了两枚手榴弹，弄得溥仪胆战心惊。不几天，日本军队又与"来路不明"的所谓中国军队在溥仪的住宅旁发生枪战。溥仪终于觉得天津是待不下去了，于是这位被罢黜的皇帝，同意前往满洲帝国登上傀儡皇帝的宝座。

溥仪在他1964年出版的自传中说，他借助土肥原的帮助，乘坐一条日本的小艇到了大连附近的一个海水浴疗养院，就这样跑出来了。

而此前，土肥原的一封密信，把在上海的川岛芳子接到了满洲。从此这两个人的"名号"在东北就叫响了。

但不知何种原因，溥仪却把皇后留在了天津。对此，人们至今仍众说纷纭。溥仪后来的自传也是含糊其词，语焉不详。但事实上，皇后一旦落入张学良手中，那对日本人是不利的。于是，关东军参谋长坂垣征四郎命蛰伏一段时间的川岛芳子：千方百计把溥仪的皇后婉容从天津接往东北长春。

于是，天津日租界张园旁出现了一位年轻貌美的女人，身穿烟红色绣有金丝大龙花纹的旗袍，高跟鞋，搽胭脂，抹口红，这就是川岛芳子。以她的身世，她很轻松地闯过多道关口，拜见了这位废帝的皇后。但皇后对川岛芳子的品行早有耳闻，言辞中颇不信任。川岛芳子全然不以为意，一番苦口婆心、花言巧语，终于说服了皇后跟她去满洲找溥仪。于是，她又说服皇后女扮男装，她自己却改扮成一个汽车司机，在机枪的扫射声中，从容不迫地驾车行驶在天津的大街上。路上，她们曾几次被拦住盘查，但川岛芳子沉着冷静，应付自如。最后，皇后被安排到一艘日本反鱼雷艇上，从水路来到了东北。

1932年3月1日，溥仪开始在"满洲国""执政"了。川岛芳子仗着"皇上堂妹"的身份，到处招摇撞骗。她还暗中准备好陆军将军服，三星肩章、豪华的佩刀和金黄色刀带，二号新型毛瑟枪、柯尔特自动手枪。放荡不羁的川岛芳子，此时又想过过"将军"瘾了。

这时，她认识了日本军政部最高顾问多田骏少将，川岛芳子一会儿撒娇似的搂着多田的脖子，一会儿又像一只猫似的坐在多田的膝盖上，满口"爸爸"甜蜜地叫个不停。多田哪里经得住这个征服男人的天才的缠绵，于是任命川岛芳子为安国军总司令。

这样，川岛芳子网罗了一股土匪，拼凑了一支号称五千兵力的部队。这时，她又给自己起了个中国名字——"金璧辉"。

于是，在她的传奇生涯中，又有了"金司令"这一头衔。

摇身一变的金司令，肩缀三星肩章，腰佩玲珑手枪，跨一匹战马，更是一番男子气概，威风凛凛，不可一世。实际上，她成了当时满洲的一个女魔头。旧军阀张宗昌手下的一些人也投奔她当了参谋长、军长。

跻身军界，的确为她的传奇故事增添了不少魅力。当时一份美国出版的《文摘》，在介绍了这位漂亮的女间谍各式各样的传奇时写道："每当日本的某个作战分队遇到困难时，川岛芳子就好似从天而降前来相助。只要她一报出自己的名字，就能重振部队的士气。"

尽管这支乌合之众的部队只是昙花一现，风过云散，很快就被关东军嫌它"惹事""添乱"而解散了，但那段时期，的确是川岛芳子最走运的时期，她被称作"满洲的贞德"，与土肥原的"大名"并驾齐驱，还被称作金司令、男装丽人。无论在中国，还是在日本，都流传着她的种种神奇的间谍传闻和风流韵事。她把自己的"肉身"本钱发挥得淋漓尽致，出尽了风头。当时，日本上层社会出现了大批"芳子迷"，特别是在军队中，不少人崇拜她达到了疯狂的地步，言必谈芳子，珍藏她的照片，甚至把她的名字刻在身体上。

生前迷人，身后亦迷人，以头号女汉奸和大间谍被捕并执行枪决的川岛芳子，忽传乃冒名顶替，于是她给人们留下了最后一个谜团——生死迷人。

司令官宝座还没坐热就被赶下台的川岛芳子，只得跑到天

津，当上了她的"爸爸"多田骏给她的"东兴楼"饭店的女老板。1937年1月，她重回日本治病。日本战败的前一年，川岛芳子搬进了北京东城九条38号公寓。此时的她，已经疾病缠身，花容不再。自身难保的日本主子，也无暇顾及她了。衰老、孤独、无所事事、哀怨悲叹，川岛芳子陷入了凄凉的困境之中。

她曾经用不太熟练的中文，写下了她的片段回忆："我曾经多次化装成男性或者仆人，充当三等船客，横渡中国海，来往于日中之间。我自认为这样做是多少实现了我的理想。可是结果，只不过是被一部分日本军人所利用。现在我是病魔缠身，形同废人。"1945年10月10日，几个全副武装的军警闯进了她的公馆，不由分说，就给她戴上了手铐，还用一块大黑布，把她的眼睛蒙得严严实实。然后，她被塞进了一辆警车。次日，一份新闻公报报道说："一位漂亮的少妇，在经过长时间的搜寻之后，被中国反间谍机关的军官捕获。"不久，川岛芳子听说，她一直使唤的中国仆人，竟是戴笠、郑介民派去的国民党军统特务。就这样，这个名噪一时的"男装丽人"，结束了她曾经辉煌过的历史，成了一个形容猥琐的阶下之囚。

据后来一些零星资料透露，在两年多的监狱生活中，她还曾几次被从北平解送到南京受审。在牢房，她经常唱日本歌曲，聊以度日；她也追忆往事，写下些只言片语，得意时竟能独自笑起来。但这些并不能掩饰和消除她内心的苦闷和惶恐。

1947年10月22日，面黄肌瘦、神色黯淡的川岛芳子，被押到北平法庭，接受对她的最后宣判。法官根据检察官的起诉，列举了川岛芳子的五大罪状后宣布："根据各方面提供的证据，判处被告犯有汉奸罪、间谍罪。根据有关间谍处罚条令，宣判被告金璧辉死刑。"川岛芳子自被捕那天起，就知道自己罪不可赦，难逃死罪，所以宣判死刑的一瞬间，她看上去仍泰然处之，仿佛在意料之中。但一回到单间牢房时，她终于觉得眼前一黑。毕竟，她留恋这个生的世界。

1948年3月25日凌晨5时，平时壁垒森严、阴森恐怖的北平第十监狱的大铁门，此刻却人声嘈杂。几十名中外记者早早就赶到这里，准备向华北、华东，向整个中国甚至全世界报道川岛芳子当天被执行枪决的头号新闻。

　　然而，不管记者们如何要求，只有两名外国记者被获准进入监狱。就在被拒之门外的记者们开始骚动的时候，从监狱深处传来一声沉闷而神秘的枪声。记者们更加按捺不住了。但直至中午时分，监狱的大门才被打开，几个看守抬出一具女尸，只见那女尸蓬头散发，满身血污和泥土，让人看了感到恐怖和恶心。

　　第二天，"女间谍金璧辉被处以死刑"这一消息，刊登在北平出版的各家报纸的头版头条。

　　然而，以川岛芳子的名字开始辉煌，以金璧辉的名字悲惨告终的这个女魔头的"迷"人故事，到此并未结束。事实上，就在法庭宣判时，她的辩护律师就提出："川岛芳子是日本人，金司令是另一个人。"但是被法庭驳回了。

　　川岛芳子被处死后，人们又有了许多疑问：为什么不准新闻记者进入刑场采访？为什么死者的面部会有那么多的血污和泥土，以至让人难辨其面目？川岛芳子生前一副男装，头发并不长，为什么女尸头发能盘绕在脖子上？

　　转眼到了4月，一天，北平的大街小巷，突然响起了一阵阵报童们急促而清亮的叫卖声："看报！看报！爆炸性新闻，女奸贼金璧辉的替死者是刘小姐！"

　　这真是晴天一声霹雳，震得人们目瞪口呆。各家报纸很快被抢购一空。据报纸披露：顶替川岛芳子行刑的是同监女囚刘凤玲。刘凤玲在狱中得了重病，将不久于人世，于是国民党政府派人逼迫刘母以10根金条的代价出卖女儿身子。刘母迫于压力，含泪应允。双方约定，行刑前，刘母先取走4根金条，行刑后再补给6根，但行刑后刘母再去索要时，不但没拿到，反遭一顿毒打。刘母第二次上门讨要时，竟一去不返。刘凤玲胞妹眼见一家连失两条人命，悲愤交集，于是披露了这一阴谋。

从一开始，法院就公布了处死川岛芳子的一些情况，以图解除人们的疑云。此次，司法当局对"替身"说，自然持坚决否定态度。但是，人们从这些扑朔迷离的事件中，似乎更加相信川岛芳子确实没被处死。

川岛芳子是生是死，对此一直有相左的看法。有人说她被带到了美国，也有人说她去了苏联。但是无论哪种说法，都缺乏准确可靠的根据，其结果仍然是个谜。

但是，有一点可以肯定，就从那时候起，川岛芳子的名字就永远销声匿迹了。至少，直到今天还是这样。

红色间谍王——熊向晖

抗战胜利后，胡宗南任西安绥靖公署主任，统率3个集团军，拥兵45万人，控制陕、甘、宁、青等省区。他以重兵布防数千里，但疏于情报工作。1947年3月胡宗南奉命进攻延安前，攻打延安方案被潜伏在他身边的熊向晖密报中共，致使国民党军队处处遇伏挨打，结果延安得而复失，胡宗南部损兵折将3万余人。

1937年6月熊向晖回武昌探亲，不久七七事变爆发。他奉党组织指示报名参加湖南青年战地服务团，到蒋军第一军胡宗南部服务。1938年2月，服务团从武汉转往陕西凤翔胡部驻地。由于熊向晖保持不左不右，胡宗南亲自送他去中央陆军军官学校第七分校学习，算黄埔十五期，无意中履行了周恩来"最好受正规军事训练"的要求，还加入了国民党。1939年3月，胡宗南指定熊在有西安党政军各界首长参加的军校毕业典礼上代表毕业生致辞，他慷慨激昂的致辞使第十七军军长胡宗南深感满意，胡委任熊任侍从副官、机要秘书。除了处理电文和日常事务，他还为胡起草演说稿。胡经常去他主办的军政院校和所属部队讲话，熊起

草的稿子短小精悍，尽是豪言壮语，最合胡的口味。

　　1941年夏，王石坚从延安到西安，设立秘密电台，向熊向晖下达了"搞情报"的任务。

　　1943年，蒋介石在相继发动两次反共高潮均遭到共产党有力回击后，准备发动第三次反共高潮。2月，蒋介石通过第八战区司令长官朱绍良以绝密件向胡宗南及该战区所属驻宁夏的马鸿逵、驻青海的马步芳下达经蒋介石亲自审定的《对陕北战区作战计划》，指令有关部队"于现地掩蔽，作攻势防御"，俟机"转取攻势"，"迅速收复囊形地带"，进而"收复陕北地区"。

同年5月，共产国际宣布解散，蒋介石密电第八战区副司令长官胡宗南乘此良机闪击延安，一举攻占陕甘宁边区。胡预定进攻日期为7月9日，恰好是周恩来、邓颖超、林彪等100余人乘汽车由渝返延的日子。熊向晖及时将闪击计划告知王石坚，通过密电迅速报延安。7月4日朱德急电胡宗南，称河防大军西调必破坏抗日团结之大业。延安方面将此电文广为宣传，称如日军闻讯乘机渡河，河防甚难收拾。胡宗南害怕盟军责难，遂致电蒋介石主张罢兵。其实那时陕北兵力空虚，正规部队只有三五九旅，连年开荒已失战斗力，蒋军出动5个军可以迅速攻进共产党总部。由于熊向晖泄密，蒋介石亲自审定的《对陕北战区作战计划》功亏一篑。事后追究泄密，不了了之。7月12日延安《解放日报》发表社论《质问国民党》，直指胡宗南麾下三个集团军有两个用于包围陕甘宁边区，此文出于毛泽东手笔。为了拒阻蒋军进攻，他断然使用了情报资料。

1947年1月初，熊向晖与同济大学医科毕业生谌筱华结婚，由刚卸任东北外交派员的蒋经国证婚，婚礼安排在南京励志社。婚后，他本拟1月底坐轮船去旧金山，因船少客多，只订到三等的舱位。2月下旬新婚夫妻游杭州时，接报胡宗南召他3月2日回南京。见了胡，才知胡宗南部要攻打延安，上级叫他延迟三个月赴美。蒋介石选择1947年3月14日美苏英法四国外长讨论本国问题的这一天，令胡宗南率部直捣延安。蒋介石训示"剿共"仍须"三分军事，七分政治"，胡宗南马上想到熊向晖，把他请回来准备传单布告宣传品，着重准备一份告陕北民众书，提出施政纲领，让军事进攻和政治进攻同时进行。

胡宗南带熊向晖到参谋长盛文的住房，交给熊一个公事包，叫他根据包内文件画一份草图，中午交胡准备下午呈蒋参阅。熊打开公文包，内装两份绝密文件，一份是蒋介石核准的攻打延安方案，另一份是陕北共军兵力配置情况，熊照抄不误。中午胡宗南取走了草图，晚上熊锁住房门细阅攻打延安抄件，阅后熟记，将抄件焚毁。他问盛文，赴美要推迟3个月，难道这一仗要打这么久？盛说共军惯于运动战、游击战，倘陕北共军主力不坚守延安，3个月也未必能歼灭主力。

3月3日上午，熊向晖随胡宗南、盛文坐专机回西安。当晚，他就将进攻延安作战计划报告王石坚。不久，整编二十九军在从陇东开往洛川途中被中共军队阻击，整编四十八旅旅长何奇阵亡；整编第一军匆忙从山西开往宜川途中，整编九十师师长严明翻车折断右腿。

熊向晖向中共报告，胡宗南密切注意延安广播。所以中共故意在3月8日下午4时召集延安各界保卫边区、保卫延安动员大会，朱德、周恩来、彭德怀都装模作样上台讲话呼口号。胡宗南听了广播，又看了新华社9日电的抄录油印件，误以为中共毫无准备，和平观念很深，事到临头开个动员大会，只剩下9天来不及坚壁清野，谈不上长期作战。所以他踌躇满志要出其不意攻其不备，乘虚闪击，迅速拿下延安。

3月10日晚，胡宗南在洛川举行总动员，下达作战命令，具体布置超出了书面计划。此时保密局送来了美国最新侦测无线电方向位置的设备与操作人员，配合胡部连日侦测解放区，发现山西兴县无线电台最多，由此断定中共首脑都在兴县。熊向晖感到这些情况关系中共中央的安全，就用一战区司令部专用信封写了情报，因为平时熊向晖与胡宗南的机要交通混得很好，他就派胡的机要交通员乘吉普车专程送到西安的中共联络点。3

月19日蒋军进入延安时，中共中央机关与我军主力早已完整地撤走。25日，胡部精锐的整编三十一旅在青化砭被我陕甘兵团瓦解，旅长李纪云被俘，官兵伤亡4000人；4月14日，整编一三五旅在羊马河被歼，代旅长麦宗禹被俘，官兵伤亡6000多人；5月4日，整编一六七旅在蟠龙镇被歼，旅长李昆岗与400名官兵被俘。

5月14日晚，胡宗南从谍报部门知悉共产党中央驻地距延安仅数十公里，在失望之余，就让熊向晖去美国念书。5月21日，熊离延安去西安，7月从上海乘船去美国。他先入密歇根大学，后去俄亥俄读硕士。

我党建政后，中央社会部部长李克农指示熊向晖经中国香港返回。1949年7月，周恩来会见熊向晖，说他得悉胡宗南在探察我军电台方位，便下令中共中央电台停止工作3日，且通知各野战军不用无线电传达军令，改用小功率电台发到大功率电台代转，以便迷惑国民党军队。这就是攻占延安后蒋军未再发现陕北我军固定大功率电台讯号的原因，有时捕捉到小功率电台的"微波"，但迅即消失，难以判定共军指挥部所在地。因熊向晖密报胡打算固守延安不再分兵出击，毛泽东特嘱周恩来到距延安数十公里的真武洞出席边区军民祝捷大会，公开宣布毛泽东主席与中共中央仍在陕北，以此拴住胡宗南，牵着他的鼻子走。周恩来称赞熊向晖为保卫中共中央做了贡献，是我党隐蔽战线"后三杰"之一。

1949年11月5日，周恩来在中南海勤政殿宴请国民党降将。周向张治中、刘斐、邵力子等公开一个秘密，宣布熊向晖是1936年入党的共产党员。那个"国防部"次长刘斐恍然大悟：难怪胡宗南老打败仗。周恩来说："蒋介石的作战命令还没有下达到军长，毛主席就先看到了。"张治中说，原以为国民党在军事、政治上远远不是共产党的对手，今日才知，在情报上也远远不是共产党的对手。

朝鲜战场上的心理战

1952年12月，辽宁安东中朝联合空军司令部，墙上有一面很大的挂图，上面用红箭头密密麻麻地标着每次战斗的成果。

12月份中国空军的战果令人欣喜，击落美军飞机37架，击伤7架，其中多数是F-86。全月作战26天，出动157批1623架次，我机被敌击落12架，击伤14架，美军与志愿军被击落飞机之比为3.1比1，志愿军空军占了很大的优势。

此时彭老总正和聂凤智通电话："你这个聂凤智，说话还是算数的，空军打得很好，不过不要大意，别再让敌人反过去！"

"彭总，我们现在还是劣势，可是我们已经找到了在局部达到优势的办法，我们要和敌人在空中决一高下！"

"好，越打越有经验，要保持住！"

放下电话，聂凤智长长地舒了一口气，总算达到了彭总的要求，可是今后的空战是很艰苦的，美军在各个方面仍然占有很大的优势。

他正在想着，一名参谋进来报告："聂司令员，朝鲜人民军南日大将来了。"

南日大将亲自到安东来，一定有很重要的事，聂凤智边想边快步走了出去。南日也已经进来："聂司令员！"

"南日大将！"两人紧紧握手。

聂凤智指了一下椅子说："南日大将，坐下慢慢谈。"

南日大将坐到椅子上，喝了一口水，放下杯子："根据各方面所获情报分析，现在美军的空中和地面部队，使劲想向北边压，这样他们在今后谈判时就会捞到更多的好处。金日成元帅和我们最高统帅部的意见是，我们一定要把美军阻挡在三八线以南，这样，我们最好派空军轰炸一次汉城……"

听到南日大将的话，聂凤智半天没有说话，他不能轻易表这个态，因为中苏空军在朝鲜的出击范围都有一定的规定，不能轻易扩大。"能不能给我们一周的时间准备一下？""这个情况，我可以向金日成元帅报告。"

送走南日大将之后，聂凤智便陷入了深思之中：汉城的距离太远，美军的雷达体系极为严密，我们的大机群就是到了汉城，执行任务情况也很难说，肯定有不小的困难，小机群就是去了也不会有很大的作用。

聂凤智通过军委向毛主席报告了金日成的请求。在接到军委的指示之前，有一段思考的时间。

朝鲜人民军空军司令员王琏来到了聂凤智的办公室，他着急地说："刚刚接到南日大将的电话，他说金日成元帅的意见是只准考虑三天时间。"

"也就是说金日成元帅决心已下！"

"是这样的，我们要早做准备啊！"王琏说。

聂凤智从椅子上站了起来，在屋子里踱了几步说："老王，敌人在汉城的防空，是不是和他们的水原机场一个样？"

"汉城的防空体系比水原机场的还要先进，也还要大。"

"他们是不是防大不防小，我们放一群鹰进去不行，放一只蜜蜂行不行？"

"蜜蜂？聂司令员，你是说放一架小飞机进去？"王琏的眼前一亮，"这是个很有意思的想法。"

聂凤智明白这次任务是给敌人心理上一次震动，而不在于给敌人多少杀伤，首要的是能够飞到汉城，飞不到汉城，再有威力的轰炸机也没有用。

"我看完全可以。"两个人说到这里马上兴奋起来。

"过去，我们用'波-2'飞机，从平壤到汉城不过200公里左右，完全可以从容地到达。"

"要挑选技术好、胆大心细的飞行员！"聂凤智对王琏说。

"聂司令员，我的意见，从人民军的女飞行员里选几个人怎么样？"

"选女飞行员？"

"人民军有一些女飞行员，开'波-2'飞机的技术很高，而且还执行过重要任务。"

"女娃儿，能行吗？"聂凤智不大放心。

"聂司令员，到时候我选出来，先让你看看。"

第二天，中朝空军司令部收到了来自军委的电报，毛泽东主席指示，此次行动，按金日成同志的意见办。可见毛泽东主席对金日成的意见是很尊重的。这天下午，王琏就带来了人民军一个女飞行员。"这是中朝联合空军聂司令员。"王琏对她说。"首长好！"女飞行员给聂凤智敬了一个礼。"你叫什么名字？"聂凤智上下打量着她。"报告首长，我叫金顺子。""今年多大岁数了？""报告首长，18岁。""还是个小女娃儿呀！"聂凤智一句话，说得屋里的人都哈哈大笑起来。"我已经飞两年了！""好，了不起，了不起！""请首长下命令吧！"

"好吧，根据金日成元帅的命令……"聂凤智刚说了句，金顺子一听是金日成元帅的命令，不等聂凤智说下去，"呼"地一下子从椅子上跳了起来："坚决完成任务，坚决完成……"

看着金顺子激动的样子，聂凤智这位身经百战的将军也深深地感动了，有这样勇敢的战士，这样无畏的人民，朝鲜人民一定能够把美国鬼子赶出去。"你的任务，是飞到汉城把炸弹丢到城里马上返航。""我要把炸弹丢到美国鬼子头上！""我们这次没有制定具体的目标，扔到汉城就是胜利！"小姑娘点了点头表示明白了。当金顺子走出司令部的时候，聂凤智望着她那蹦蹦跳跳的背影，喃喃地说："还是个小娃儿呀！"转过身来他对王琏说："老王，为了保证金顺子安全返航，我们派出两支歼击机机群，在基地和返回的航线上空掩护她！"

王琏司令员的眼睛湿润了，他知道，聂凤智为了这次行动，已经下了最大的决心。中国人民志愿军空军也做好了付出重大牺牲的准备。

第三天下午，天空无云，已是黄昏时节，太阳的光辉渐渐淡了下去。

天空中有一丝嗡嗡的响声，人们抬头看去，可以看到是一架小型飞机，像一纸风筝，在空中飘来飘去。

金顺子的小飞机进入汉城的时候，沿着山沟一连拐了几个弯，东转西转，美军的雷达根本没有发现它。汉城的防空瞭望哨发现了它，以为是哪个航空俱乐部的飞机，只是对它违犯了防空规定而大为不满。

金顺子驾机在汉城上空转了一圈，她一点也不紧张，边飞边看，一直飞到汉城最大的一座大楼前，这座楼好高啊！

她对准了大楼俯冲下去，按了一下电钮，两枚小炸弹射了出去。她把飞机转了过来，看着两个小黑点落了下去……借着下滑的冲压，炸弹从玻璃窗飞到了屋里，接着传来两声沉闷的爆炸声："轰——轰——"

她看见那座大楼里冒出了一股黑烟……

一切都像精心策划的那样，就是精心策划也很难达到这样准确。谁也想不到被炸的是最重要的军事目标：国防部大楼。

两枚炸弹全部命中了李承晚的国防部大楼，两名高级军官被炸伤。消息闪电般地传开了，汉城全城大乱，警报声响成一片……

美军侵朝空军司令汤姆森中将，最早接到了汉城防空指挥部的报告：一架来路不明的小型苏式"波-2"飞机，对汉城进行了轰炸。

汤姆森大发雷霆，用拳头猛擂桌子："来路不明！来路不明……难道是从地里钻出来的？防空报警体系难道一点用也没有吗？"他又看了一眼报告，火不打一处来："轰炸汉城！简直是美国空军的耻辱！"

一位值班军官在一边说："将军，基地指挥官霍金斯将军，请求起飞追击敌机，这是一种小型飞机，飞得很慢！"

"它是飞得很慢，可是在它的后面有飞得快的！你懂吗！"

好像是为了证明汤姆森的话，一位军官进来报告："将军，我们的雷达发现，在三八线一带，有中共空军的两支大机群在活动，从编队和战术动作上看是中共的精锐部队。"

"我已经知道了！这是中共的一个阴谋，他们在等着我们上

钩，我可不会上他们的当。命令各联队不得起飞，汉城从现在开始不定期灯火管制！"

金顺子安全地返回了基地。

几天之后，聂凤智接到了金日成的电话："是聂凤智吗？我是金日成！你打得好啊，敌人的飞机已经好几天不敢起飞了，一架小飞机就把敌人吓成这样，有办法啊！"说着，金日成在电话里笑了起来。

"说来这还是朝鲜人民军空军的功劳嘛！"

"你是中朝联合空军的司令员，你指挥得好嘛！"

这次行动，影响很大，金日成元帅非常满意，一连讲过好多次。中央军委听到这个战果之后，一位军委领导说："聂凤智，这家伙能打，点子也多，美国鬼子也斗不过他！"

从事谍报工作的君主——阿尔弗烈德

公元9世纪，丹麦维京人逐渐强大起来，并在欧洲大陆疯狂扩张。从公元835年开始，丹麦维京人对英国发动了一连串猛烈进攻，在此后的三十年内，他们连续抢掠了英格兰南部和中部的许多地区。公元871年，丹麦人占领伦敦，英格兰处于生死存亡的关头，一位国王挽救了英格兰，他就是在英国历史上唯一被称为"大王"的君主——阿尔弗烈德。

阿尔弗烈德生于公元849年，是英格兰西南部韦塞克斯王朝的国王。面对来势汹汹的丹麦侵略军以及整个英格兰的混乱状态，阿尔弗烈德认为，如果与丹麦人正面作战，英国军队必输无疑。

在打探不到丹麦军队具体情报的情况下，阿尔弗烈德决定只身涉险，化装混入丹麦军营；他的行为开创了世界历史上国王亲自从事谍报活动的先例。

当时，阿尔弗烈德打扮成一个行吟歌手，一身便装，头扎布带，气宇轩昂地走进丹麦军营。在那个时代，浪迹天涯的行吟歌手普遍受到欢迎。嘹亮的歌声、漂亮的竖琴使他畅通无阻。再加上阿尔弗烈德从小就会唱很多民歌,并能穿插表演一些杂技和魔术,他无论走到哪里都博得阵阵掌声。在军营中,阿尔弗烈德四处活动,搜集情报;他用自己精彩的表演迷惑了丹麦官兵,并赢得了信任。他游走于各个帐篷之间,于细微处识破绽。不久,阿尔弗烈德潜入丹麦司令官古罗姆的营地。经过实地侦察,阿尔弗烈德发现丹麦人纪律松弛,他们以征服者自居,完全不把敌人放在眼里,防卫措施并不严密。此外,丹麦军队没有长久的作战计划,他们靠掠夺附近地区的财物过着舒适的生活。他们不仅搜刮美酒美食,还强抢当地妇女,糜烂的生活使丹麦军队战斗力极差。

经过长时间的刺探,阿尔弗烈德断定丹麦人已不再适应持久的战争,他们的军需供应处于无组织状态,只是靠临时劫掠来维持。阿尔弗烈德根据这一结论巧用战术,让自己

的部队神出鬼没地出现在丹麦军营附近，使他们惊魂不定，精疲力竭。阿尔弗烈德还派出巡逻队阻止丹麦人抢劫，渐渐地，饥饿开始威胁丹麦人。阿尔弗烈德趁机组织了一连串的小规模突袭，在他不断的进攻下，丹麦人终于走上了绝路。

公元886年，阿尔弗烈德从丹麦人手中夺回了伦敦，解放了英国南部的大部分地区。他进入伦敦后，一贯不接受丹麦统治的英格兰人都拥戴他为国王。

公元892年，丹麦军队开始进攻英格兰，阿尔弗烈德带领自己的军队予以迎头痛击。丹麦人见难以获胜，只好宣布停战，撤回军队。此后，英国获得了较长时期的安定。阿尔弗烈德借机加固要塞，并打造了一支强大的海军，使敌人闻风丧胆。阿尔弗烈德在英国历史上不仅是一位领导人民抗击侵略者的民族英雄，而且为英国创造了灿烂的文化。他组织编纂了《盎格鲁撒克逊编年史》，颁布了著名的《阿尔弗烈德法典》，该法典成为后来英国法律的基础。

双面间谍——波利亚科夫

波利亚科夫1921年出生在乌克兰，他在家乡高中毕业后考入苏联一陆军学校，其后又在一所秘密军事学校读书。在波利亚科夫到了而立之年时，接受了一项秘密使命，这就是参与苏联驻联合国使团的工作。

1961年初冬，人到中年的波利亚科夫开始了他的第二个任职，在此期间，他开始与美国联邦调查局反间谍特工人员秘密接触，起初心照不宣，后来被直接发展成为美国谍报人员，成为一个名副其实的两面间谍。

美国中央情报局人员用奇怪、有趣的代号称呼他：高帽、威士忌、唐纳德、流浪者、黑帽风衣人等。

波利亚科夫在与美国中央情报局签约受雇一年之后，又被苏联政府调回莫斯科工作了。在这里，他进入了格鲁乌的西方情报处供职。不久，波利亚科夫向美国中央情报局端出了两只苏联"鼹鼠"——一名是美国航空部巡航导弹的研究人员，另一名则是美国国家安全局的美军情报员。

20世纪70年代后期，波利亚科夫在格鲁乌情报处时，向美国

中央情报局提供了克格勃、格鲁乌特工搜集到的越南与中国军队有关的情报。他被调回莫斯科就任格鲁乌中国处负责人时，拍摄了有关中国与莫斯科严重分歧的重要文件。美国中央情报局一名中苏问题专家认为：这些文件资料对帮助基辛格与尼克松在1972年走进中国之门起了重要作用。

然而对波利亚科夫的情报，起初美国中央情报局抱怀疑态度，甚至认为他可能是一名"卧底特工"。而后来他们又风头一转，说波利亚科夫是美国冷战时期最出色的间谍，20年来为美国窃取了大量关于苏联的机密情报。

波利亚科夫从20世纪60年代初为美国中央情报局工作，在其后20多个春秋，他冒着生命危险，传递了越来越多的机密情报给美国。有一次，波利亚科夫曾冒险偷取一种会自动毁灭的胶卷，用以拍摄绝密文件；此外还用中间有洞的假石头收藏胶卷，然后将这块装有情报资料的石头抛至草丛中，让美国中央情报局派来的密探去捡拾。

为了通知美国中央情报局派来接头的密探，波利亚科夫要乘坐电车经过美国大使馆，启动藏在衣裳中的微型传讯器。

在波利亚科夫驻守其他国家时，他则以直接会面的方式传递情报，如在仰光的横街陋巷，新德里的亚穆纳河，他则单刀赴会"亲自"和"线人"接头传送机密资料。

波利亚科夫常装扮成一名水边垂钓者，和美国中央情报局派来的"鱼客"在河水边会面，转交机密情报。为了不使情报泄露，美国中情局常常在他们派去的鱼客身上，暗藏一枚特制窃听器，断断续续录下这两名"垂钓者"密会时的谈话录音，用以监视他们两人的行踪。

波利亚科夫在出卖苏联情报的同时，也似乎拼命为苏联军队工作，然而他所做的一切都是为了伪装自己。

1974年，苏军司令部任命工作"卓有成效"的54岁的波利亚科夫为少将，这样他有了搜集超出原来工作范围之外情报的机会。

一次，波利亚科夫向美国中央情报局提供了一份资料，即苏联在西方的间谍寻求军事技术的购物单。后来担任里根总统时期的国防部长助理的佩勒回忆说："我们从这里发现了5000个苏联集团的计划项目，他们正利用西方的技术来提高他们的军事能力。"

由此可见，这个间谍提供的目录单帮助佩勒说服里根严格控制西方军事技术的出售起了很好的作用。

70年代后期，随着波利亚科夫在苏联格鲁乌职务的变化，美国中央情报局对这个两面间谍更为重视了。他们要求中情局和他接触的人称他为老师。美国中情局专门为他制造了一种特殊的便携式发报机，它能使情报被打成字后译成"密码"，然后传送进驻莫斯科的美国大使馆里。

为了做到万无一失，美国中情局还让波利亚科夫使用一种只有他和接头人才掌握的特殊化学显影技术的胶卷。利用这类谍报技术，他们获取了100多份由苏军参谋部每月发行的保密杂志《军事思想》，这对美国中央情报局掌握苏联军队官兵思想动态、军事设备起了很大作用。美国从这些情报资料知悉：苏联军事领导人并不是他们原来想象的战争狂人，他们害怕美国人也就像美国人害怕苏联人一样。

美国中央情报局在70年代初，让波利亚科夫把搜集情报的重点放到军事和经济情报上来。波利亚科夫常在河边与美国中情局特工接头，他有时用鱼腹藏"资料"传递，有时则相互用一些对方能听懂的话语，用"一个暗藏的录音机偷偷地录下他断断续续讲的军事情报"等。

当波利亚科夫最新的秘密情报到达弗吉尼亚兰利大街的美国中央情报局总部时，一名情报局官员这样形容当时的情景，他说道："这好像是波利亚科夫给我们带来的圣诞礼物，北京对莫斯科的态度材料传到了美国，尼克松利用它在1972年打开中国之门；苏联制造反坦克导弹的技术数据传到美国，使美军在以后的几年里击败了海湾战争时期伊拉克使用的同类武器。"

美国中央情报局官员认为，"波利亚科夫是个性格独特、为人很奇怪的家伙"。和他接头的人问波利亚科夫有什么要求，他总是含糊其词，不肯接受大量金钱，每年总共不超过2000美元，而且大部分转换为实物，像钓鱼竿和手枪。他也会要求一些普通物件，如打火机和钢笔，以送给苏联军方情报机构的同事；他和大部分苏联军官不同，甚少抽烟喝酒，也没有发现他拈花惹草。

波利亚科夫也留恋自己的家庭生活，他最关注的是自己的妻子、儿女和孙子、孙女。他自视为俄罗斯真正的爱国者，但对苏联的制度越来越失望。

跟波利亚科夫接头的人曾说："开始我对他持有怀疑态度，但最终还是相信了他。"一个曾跟波利亚科夫在新德里多次接头的"渔客"说："我想他的动机源自第二次世界大战时期，他曾致力于自己要达到的理想，但苏联后来的变化使他梦想破灭。"还有一名知情者说，波利亚科夫为美国中央情报局工作的目的，是为了自己的孩子，他希望自己的两个儿子能在美国受到高等教育。

1980年，波利亚科夫突然被召回莫斯科，当时他对此就有些担心。一个美国谍报人员说，当时他就像一个神经紧张的初恋

者,他对波利亚科夫说道:"您应该知道,若有什么事发生,我们这里总会欢迎您。我希望有一天,我们可以公开地在一起相聚,在我们国土上喝杯酒,共进晚餐。"

波利亚科夫瘦脸上的蓝眼睛眨动着,平静地回答道:"你们不用等我,我永远不会去美国。我这样做,不是为了你们,而是为了自己的祖国。我生为俄罗斯人,死为俄罗斯鬼。"

那名美国情报人员接着说:"假如你的间谍活动被人发现时,可能会有什么后果?"

波利亚科夫沉思了一下回答道:"一个乱葬岗。"

逆用"北极行动"蒙英军

1939年9月，希特勒法西斯军队入侵波兰之后，第二年又连续迅速攻占了丹麦、挪威、比利时和荷兰等国。在这些被占领的国家里，人民群众暂时回避希特勒军队嚣张的气焰，转入地下组织民族抵抗运动，坚持战斗，其中荷兰的抵抗运动最为激烈和出色。鉴于这种民族抵抗运动对整个欧洲战局的重要影响，英国在伦敦成立了"特别行动委员会"负责援助这些抵抗组织。

德国在海牙市郊有一个反间谍机构，领导者是赫尔曼·吉斯克斯少校。实际上，德国的反间谍组织一直在监听着抵抗组织的无线电通信。他们发现，到处都有地下电台在活动，而要想彻底查抄这些电台却并非易事。于是德国人萌发了一个想法，即抓到这些特工人员，令其倒戈为自己服务。如果真能做到这一点，他们就可以达到两个目的：一是可以渗透到荷兰地下组织的内部，掌握地下组织的全部情况，以便彻底消灭地下抵抗组织。二是最重要的，即通过英国人仍认为是荷兰人电台的秘密联络，得知盟军进军欧洲的日期及计划，以便进行战争防御准备。

1942年1月，荷兰的一名告密者找到德国反间谍组织头目吉斯克斯少校，说他知道英国下次空投的时间和地点。但是吉斯克斯并不相信他的话，反而取笑他，让他到北极去。然而，几天以后，德国无线电监听站果然在供述地点发现了一个新电台，证实了告密者提供的情况，这也正是德国人早就盼望的好时机，所以就把这次搜捕和利用电台的行动用吉斯克斯的玩笑话来命名，称为"北极行动"。

1942年3月6日星期五，德国人发现，距反间谍机关仅一英里之遥的海牙市法伦海特大街一个房屋藏有秘密电台。吉斯克斯下达搜捕命令，德军潜伏在街道两旁，当他们发现电台发送信号进行联络时，立即冲进屋内，逮捕了年轻的陆军军官休伯塔斯·劳威尔斯。经过审讯，吉斯克斯通过诱逼的手段使劳威尔斯供出了密码本。这使吉斯克斯兴奋不已。他感到掌握了这种采用双移位作业方式、非常繁琐复杂的密码表，计划就已成功了一半。

休伯塔斯·劳威尔斯被捕两个星期之后，吉斯克斯让他利用原来的电台和密码向伦敦发报，要求特别行动委员会提供更多的补给品。吉斯克斯要劳威尔斯发的电报，指定空投补给品到斯丁威克。这是一块平坦的荒地，旁边紧靠着联络规定设置的红白色灯光组成的三角形。事情如同期望的一样顺利，不费吹灰之力竟然达到了目的，伦敦特别委员会对这个电台没有产生丝毫的怀疑。

这样的结果也使得劳威尔斯十分惊讶和百思不得其解。因为当吉斯克斯让他向伦敦发报时，他已经使用了安全校正码，这也是劳威尔斯对泄露密码并不感到担忧的原因。因为德国人并不知道安全校正码一事。这种电报中的校正码是事先安排的标记错码，即在电稿中的第16位字母故意错拼。每份电报中均有，凭此暗号以判断此份电报的真伪。如果没有这种校正码，伦敦就可以百分之百地判定仿造电报的可能性，说明特工人员已发生不测。在这里英国人偏偏自己嘲弄了自己。自己以防被敌利用设置了安全检正码，而当真的安全校正码应当起作用时，英国人却反而忽视了它的存在。这是多么可悲的失误啊！

自这个突破口被吉斯克斯打开之后，吉斯克斯指挥德国反间谍组织逐渐渗透到荷兰整个地下组织内。在吉斯克斯最运气的一段时间内，他一直控制了荷兰的14个电台。一个报务员被捕，就标志着一个电台被"逆用"，也意味着与此电台、报务员有关的地下组织被破坏和成员被杀害。由于吉斯克斯掌握了伦敦特别行动委员会设在荷兰秘密电台的人的全部情况，并利用这些电台向伦敦提供假情报，所以，他能够比较牢固地控制所破获的电台并为德国人服务近两年之久。

吉斯克斯将伦敦的回电内容直接送希特勒本人审阅，而伦敦的有关组织全然不了解这些。吉斯克斯为了骗取伦敦方面的信任，不惜在鹿特丹港炸沉了一条驳船，伪报成荷兰地下组织的战果向特别行动委员会请功，对此伦敦方面一直特别赏识，因而，补给品和人员连续不断空投而来。

1944年4月1日，英国伦敦特别行动委员会连续接收到荷兰各地下组织电台的同样内容的电报："我们了解到，最近一段时间以来，你们一直打算在没有我们帮助的情况下，想在荷兰干一番事业，我们对此表示遗憾。我们一直是你们在这个国家唯一的代表，双方配合得很满意。不过现在我们仍愿向你保证，如果你想访问我们的话，不管什么规格都行，我们会用同以往一样的礼遇接待你们的使者，并给予同样热情的欢迎。非常希望见到你们。"

此时英国伦敦特别行动委员会才如梦方醒，意识到荷兰地下组织出了问题，已被德国人掌握和利用。德国人历时近两年的

"北极行动"亦宣告结束，同时这也成为间谍历史上"逆用"最长的事件。

在荷兰地下组织电台被德国人利用的这段时间里，德国人共骗收英方95次空投，物资共有3万磅炸药、2000枚手榴弹、300支步枪、5000支手枪、50万发子弹和75部电台，另有50万荷兰盾的现钞，足够开一个小银行使用。其最大的损失是人的损失，据有关知情人员估计，空投到荷兰的52名特工人员，有47名被杀，整个荷兰地下组织约1200人因此而牺牲。在欧洲其他地方已被解放的相当长一段时间内，德国人仍把荷兰当作他们的安全堡垒，足见这次"逆用"间谍事件所产生的深远影响。

二战中最杰出的英国女间谍——辛西娅

辛西娅"出道"应该不算早，普遍认为应是在1937年。她的生日是1910年11月22日，算起来，应该是27岁了。此时她是一个名叫阿瑟·帕克的英国外交官的妻子。她和她的丈夫正在波兰的华沙。

准确地说，那时的她还没有使用辛西娅这一化名。

发现这颗光芒四射的明珠的是英国情报协调局局长、丘吉尔首相的顾问斯蒂芬森。他派人把她拉入了英国谍报机关，而且，此后辛西娅一直在他的直接指挥下工作。情报局长慧眼识珠，首先是惊异于她的美艳。

"毋庸置疑，美，是她获取情报的一大资本。"斯蒂芬森肯定地说。有足够的材料证明，在第二次世界大战中，英国是使用女间谍施展"美人计"最多的国家之一。

的确，辛西娅的美与生俱来。14岁那年，她便完全发育成为一个成熟的少女了。一次，她去海边游泳，碰上了一位21岁、靠卖画为生的男青年，天真无邪的她，把散发着诱人体香的柔软的腹部抵在男青年抓画板的大手上。小伙子享受般地久久注视着这

个像从天上掉下来的粉雕玉琢般的美人儿。而她，好像是了结情缘似的，毫无羞涩地脱光了衣服，把少女白皙如羊脂玉一般温润而富有光泽的香肌玉体，祖露在他面前做了他的人体模特儿。朦胧中，她第一次投入了男人的怀抱。

随着年龄的渐渐增大，辛西娅出落得越发楚楚动人，棕色的长发，妩媚的碧眼，性感的樱桃小口，身段苗条而妖娆。艳光四射的辛西娅对男人有着不可抗拒的撩人魅力，她的周围总是围满了趋之若鹜的追求者。本来，她钟情的是画家小伙子，但小伙子由于服兵役而和她失之交臂。她在心里对画家小伙子祈祷："今生你我，来生了缘。"然后出人意料，她和比她大20多岁的英国驻美国大使馆商务处的二等秘书阿瑟·帕克结了婚。

随后，辛西娅随丈夫到西班牙工作。1937年，阿瑟·帕克又调到波兰华沙任职，辛西娅也跟着到了波兰。由于她的美丽动人，每到一地，她都是上流社会社交场上引人注目的明星。而这些国际旅行，也引发了她热衷国际事务、热衷挑战冒险而且极具胆识和敏锐老练的个性。

"她的个性就像她的美貌一样，犹如一闪一亮的探照灯，使人迷惘而不知所措。"

考察她的英国特工这样向斯蒂芬森汇报说。

斯蒂芬森以职业情报家的锐利眼光，认定辛西娅是一块杰出间谍的璞玉！

辛西娅果然不负众望。

当时，英国在波兰的情报力量很薄弱，正式成为英国秘密情报机关特工的辛西娅，以极大的热情投入到扣人心弦的冒险活动中，在关键时刻，帮助了人手不足的英国情报部门。

更令英国情报部门难以置信的是，辛西娅一出道，即以中国三国时关云长温酒斩华雄的神奇速度，轻而易举地弄到了英国人朝思暮想的德国"哑谜"密码情报。

这种名为"恩尼格码"的密码机，其工作原理是先将信息转换为一种非常难懂的扰频，然后再用一种以点和线表示某种符号、可用灯光或无线电发送的摩尔电码。由这种密码机发送的信息，即使被对方截获也无法破译。为此，希特勒欣喜若狂地将之命名为"哑谜"。

"哑谜"，的确是一个难解的谜——欧洲各国情报部门为破译此谜底而大伤脑筋。

其时，英国情报机关费尽心思，找到了一个为逃避纳粹迫害而出逃的名叫理查德·莱温斯基的犹太人工程师，仿制了一台"恩尼格码"密码机。但这种机器使用的密码仍然是一个难解之谜。英国人终于明白，他们还必须弄到德国的密码索引。

而这时，辛西娅送来情报说，三个波兰数学家不仅研制出了可以使用的这种密码机，而且他们已经搞到了这个索引。于是，辛西娅受命去完成这项并不为英国谍报机关"看好"的窃密任务。

然而，辛西娅却是幸运的宠儿。因为，她总是男人的宠儿。

此时，辛西娅已经把波兰外交部长约瑟夫·贝克上校最信赖的机要副官笛卡尔俘虏在自己的石榴裙下。笛卡尔和辛西娅"火热"得一日不见如隔三秋，连外长让他去布拉格和柏林执行机密使命，竟也悄悄带上辛西娅同行。事实上，波兰密码局已经掌握了"哑谜"的某些要领就被辛西娅在上次旅行中获得。这次，她也确信，她有绝对把握从笛卡尔那里弄到这套索引的全部资料。

"当时，我一听说他的职务，就去拼命勾引他。"辛西娅对自己的先见之明信心十足。

果然，笛卡尔挡不住辛西娅迷人的诱惑，终于在情欲的驱使下，把她带进了机要室。

然而，辛西娅却表现出不愿意进入机要室，只和笛卡尔调情，这使笛卡尔仅有的一层防线彻底消失得无影无踪。

而且，辛西娅总是被动的，温顺得像一只羔羊。不过，她决不答应与他发生性关系的要求。

"亲爱的，"在机要室这样绝对安全的密室，笛卡尔多日积聚的性欲之火使他肆无忌惮，他抓住辛西娅圆润、柔软的香肩，色眯眯地暗示说，"难道你不是属于我的吗？"

辛西娅做出听懂"弦外之音"的样子，一副娇柔妩媚的神态，就像一个初恋中的痴情而天真烂漫的纯情少女。她娇喘吁吁地顾左右而言他："亲爱的，有酒吗？"

笛卡尔也听懂了话中之音，亢奋得就像接到命令一样，口里应道："有。"一边恋恋不舍地把双手从辛西娅肩上收回来，起身取出了一瓶烈性威士忌。

当他再回过头来的时候，他惊呆了：

此时的辛西娅，已经解开了披在肩上的金丝绒斗篷，脱下了墨绿色的春衫和法兰绒长裙，一尊白玉无瑕的美神维纳斯出现在他眼前。

笛卡尔只觉两眼发直，血往上涌，他不相信幸福降临得这么快。他张开强有力的臂膀，狂热地抱起辛西娅转起了圈，然后就势把她放在沙发上。

辛西娅也顺手打开了酒瓶，搂着笛卡尔的脖子，把酒瓶对准他的嘴，一口一口地灌将下去。有时辛西娅也装模作样地自己喝一小口，再猛嗝一大口，扳过笛卡尔的头，嘴对嘴又把酒送到了笛卡尔的肚子里，等到笛卡尔不知不觉醉眼蒙眬了，辛西娅从他怀里挣出来，说："亲爱的，我不喜欢这个监狱一样的地方，我们找个旅馆多好。"

"那不行，我必须守在这里，这是我的任务。"笛卡尔心里还明白。

"我知道你是舍不得花钱。难道你还有什么比我更重要的东西吗？"

笛卡尔知道到嘴的天鹅又要飞了，情急之下，迷迷糊糊地打开了沙发边上的黑色保险柜，从里面拿出一沓文件，僵着舌头含混不清地说："这比我的命还重要！

我不骗你……"

辛西娅何等聪明！文件刚出柜门，封皮上醒目的"德国国防军密码索引"几个大字，就已经让她知道宝物近在咫尺。哪里容得上笛卡尔关上保险柜！辛西娅激动万分地扑了上去，紧紧地抱住了他，狂热地亲吻起来，她呼吸急促，眼眶里还闪着水汪汪的泪光："笛卡尔，我爱你！"

笛卡尔哪里经得起这般折腾，借着酒劲，一下把辛西娅掀翻在了地毯上……等到笛卡尔呼呼进入梦乡的时候，那份密码索引已经装进了辛西娅的微型相机。

辛西娅一击得手，马到成功。尽管她或许还不知道，这些情报对于解开"哑谜"谜底，在今后的战场上将起到多么重大的作用，然而，她确实已经确立了在情报史上的历史地位。

春潮楼的常客——吉川猛夫

　　60多年前日本偷袭珍珠港那惨烈的一幕，依据的是准确而丰富的情报资源；半个多世纪以后，为这一历史事件做出特殊贡献的间谍，终于自己撩开了这一神秘的面纱。

　　1940年，吉川猛夫29岁。这个有着细长身材、英俊漂亮的小伙子，看起来比实际年龄还要年轻。1933年，他曾在日本江田岛的海军学校学习，1934年毕业分配到巡洋舰"由良"号任海军少尉密码官，后因饮酒过度，把胃烧坏了，只得退伍。1937年，以"嘱托"——一种临时性雇员或特聘人员的名义在海军情报部任预备军官。开始，他在第八课（负责英国情报搜集）工作，不久调到第五课，这是负责搜集美国情报的部门。在堆积如山的情报中，他很快熟悉了美舰调动情况，熟记了各种海军装备。这年5月，课长山口大佐召见了吉川。"吉川君，准备派你去夏威夷，你看怎么样？"

　　"夏威夷？"他知道这是日本海军的一个战略情报重点。就在年初，海军情报部还传达了日本联合舰队司令山本五十六的指示。山本说，日本如果同美国开战，除非战争一开始就把美国的太平洋舰队全部击沉，否则日本就没有半点打赢的希望。吉川虽然不知道此时日本海军已经秘密制定了偷袭珍珠港的作战计划，但职业的敏感告诉他，自己此行的使命非同寻常。因为他研究的情报表明，夏威夷是美国海军的最大集结地。

在日本，与其他国家的观念相反，他们一向把间谍活动视为一种光明正大和爱国的行为。吉川也不例外——他甚至喜欢这种富有刺激和挑战性的工作。

"你要以外务省的身份去。为了不引起外务省一般人员的怀疑，你下周去参加书记生考试，同时强化英语训练，随时准备赴珍珠港。"

吉川欣然受命。他脱去了军装，留起了长发，成了东京新桥大学的学生。这期间，他上午以"森村正"的假名到外务省工作，下午又以真名在海军司令部工作。之所以这样做，当然是为了在外交界先露露面，取得公开的身份，便于日后开展工作。

很快，外务省的书记生公开招考开始了，吉川以大学生的身份参加了考试。遗憾的是，吉川不仅喜欢杯中物，而且"海量无边"，对于男女私情、风流韵事，他也是天生的无师自通，而脱下了军装，更让他解除了束缚。所以，这些日子，他的外交知识长进不大，可是"放荡鬼森村"的名头却响得很。自然，他是被"破格"录取的——以"森村正"的名字。

1941年3月27日上午，日本客轮"新田丸"泊在了檀香山的码头，一辆小汽车把前来赴任履职的书记生森村正拉进了日本总领事馆。总领事喜多长雄一本正经地召见了森村正，勉励他好好干。当手下人都离开了办公室后，喜多关上房门，换上一副亲切的笑脸，走到森村正身边：

"森村先生，你是海军情报部的吉川猛夫少尉吧？我已经得到通知，一定配合你的工作。"

喜多是领事馆唯一知道吉川底细的人。

从此，吉川把他的"放荡鬼森村"的名头也带进了领事馆，只是，伴随着他放浪形骸的身影，日本偷袭珍珠港前的情报战也正式拉开了序幕。

吉川由于干间谍经验不足，便以近乎疯狂的成功欲来补偿。他发现檀香山所在的瓦胡岛的舰队又集中在珍珠港，于是，他充分利用外交人员的身份，想方设法接近珍珠港。他甚至对港内的垃圾箱进行检查，并能以垃圾箱的多少判断出在某一时期停泊在港口内船只的数目，甚至由此还能判断出那些舰艇航行的路线。此外，他还有一种无所不用其极的本领，有时他能够快速地改扮成仆人或正在劳动的菲律宾用人，有时他是口若悬河的夜总会解说员，有时他又蒙着毛巾，像模像样地在东海岸垂钓……很快，吉川对珍珠港外围的一些情报了如指掌。然而，他的运气似乎离不开"风流韵事"。

珍珠港作为美国海军重要的军事禁区，吉川只能远远地对它垂涎，许多情报只能靠猜测和推理，因而影响了情报的质量，这使得吉川很着急。一天下午，吉川开着车在港外盲目瞎闯时，意外地发现阿兰高地山坳滨海的一片草坪上，居然有一家名叫"春潮楼"的日本菜馆。

"天无绝人之路！"吉川兴奋极了，他装成一副富家公子哥的模样，风流倜傥地走进了"春潮楼"。老板娘名叫芳江秀枝，生得柳眉凤目，纤纤巧巧，虽已30岁出头，却依然风姿绰约，光彩照人。见来了个花花公子，老板娘媚态百生，一手牵着吉川，一边对楼上喊道：

"姑娘们，来客啦！快带这位公子上楼，安排一个干净房间。

对，就去那间面向大海的。"

几个艺妓从楼上袅袅婷婷走下来，吉川一看就知道这是些"二世"姑娘（即在美国出生的日本女人）。她们簇拥着吉川上了楼上一个单间，凭窗俯视，吉川的呼吸都要停止了。他不敢相信，站在这间房子里，珍珠港几乎一览无余，大批的战列舰、航空母舰、巡洋舰静静地横弋在水面，太阳的余晖把巨大的舰身染得金黄透明。

正在他看得出神的当口，一只纤细的小手钩住了吉川的脖子。"您发现了什么呀？"秀枝香唇启处，细语嘤嘤。

吉川猛地一激灵，以为让她"发现"了什么，然而，出口的话却变成了这样：

"啊！我'发现'夏威夷真不愧是个迷人的地方！"

他也说"发现"，却不是发现"珍珠港"。此言一出，连他自己也感觉很满意。他见老板娘只是一副温香软玉的样儿，知道并没被怀疑，于是，惯于调情的看家本领一下子施展了出来，接着话茬，他色眯眯地说："当然，我还'发现'这儿的老板娘更漂亮、更迷人！"

秀枝告诉他，她5岁随父亲漂洋过海到檀香山经商，18岁那年刚嫁给一个美国海军的下级士官，父亲便在一次海洋飓风中翻船喂了鲨鱼；然而祸不单行，前年丈夫又在一次海上演习时被一枚臭弹炸死。可怜的秀枝就在珍珠港湾开了这菜馆以求生计。每到晚上，美军舰艇一靠岸，被批准上岸的海军下级官兵就来光顾这个日本风味的小菜馆。他们中有的还是她丈夫生前的同事，也有的是对老板娘不怀好意。但是，"垒起七星灶"，来的都是客，为了生意，秀枝和他们周旋得还算相安无事。

正说着，又有一批吹着口哨的海军士兵吆吆喝喝地进店来了，秀枝忙从吉川的臂弯里抽身下楼招呼客人。这边，吉川在最后一抹夕阳的照射下，将港内舰只的型号、数量和吨位迅速地定格在脑海里。

这以后，吉川成了春潮楼的常客。他与艺妓们厮混得很熟，他那双勾人的色眼很快就征服了这些野蜂浪蝶。他更能够一个人躲进秀枝的闺房，怀揣不可告人的目的，独自倚窗视察，记录着美军舰船的秘密。

1941年5月12日，吉川向日本发回了第一份有关美国海军的情报，这些情报是他第一手得来的，完全准确可靠。

日本海军司令部对吉川的情报如获至宝，他们要求吉川，今后每隔10天就要报告一次港内军舰的活动情况。

"任何一个倾心于追逐维纳斯的人，在别人的眼中都少了一份间谍的嫌疑。"他说，他这种每天都忙忙碌碌地沉醉在花天酒地里的生活，是对他同时进行的另一种活动的出色掩护。

吉川是一个乐天而随和的人，于是他便充分发挥他喜欢喝酒和寻欢作乐的个性。事实上，他一直不失时机地扮演"浪荡公子"的角色。他认为，有时候亮亮这种"形象"倒是最好的掩护。实际上，吉川一到任就已经被美国联邦调查局的人给盯上了。因为吉川是在两个海军武官被美国驱逐回国时"补缺"来的。只是日本的谍报机关早已预料到以外交官或武官的身份住在大使馆内做情报工作是十分危险、十分靠不住的，因此在几年以前就改变路径，秘密物色人才，由外务省以卑微的小职员身份派驻国外。因此，美国人虽然窃听了吉川的电话，也对他狎妓夜游、不务正业的风流韵事了如指掌，但他们无论如何也没有想到，与之打交道的这个不起眼的人，第一职业就是刺探他们机密的间谍。

有一次，一个艺妓打电话给吉川，从音量的骤然波动中，吉川发觉被人窃听了。他灵机一动，故意抓住电话不放，和她有一句没一句地东扯西拉，甚至只有在床上调情的话他也毫不顾忌。联邦调查局的人听厌了，拔下了窃听插头。

"这个不要脸的下流痞子！"对他的调查到此结束。

其实，吉川巴不得落下这个名声。他曾这样说过："一个没有浪情的间谍，就像一个被判了刑的间谍。""浪荡公子"的形象的确可以减少别人对他间谍身份的怀疑。

一天，珍珠港基地职业情报官墨菲少校刚到春潮楼就被请上了二楼。

"少校阁下，要来点什么？"秀枝问。

墨菲一把拉过秀枝，嘴里吧嗒着："我就想要你！"一边两只手开始不老实。

正在这时，只听一声吆喝："谁敢和我的美人儿胡言乱语？"吉川又恰到好处地"亮相"了。

这些日子，吉川早已成了春潮楼的常客，也和常来饮酒作乐的基地官兵混熟了。所以，当他和墨菲一打照面，便装得一本正经：

"啊，是墨菲少校，失敬，失敬。"墨菲同样认识这位日本领事馆的书记员。这个花花公子早就臭名在外：他平时不仅有漂亮的艺妓作陪，而且经常出入脱衣舞会，甚至下等酒吧——哪里有漂亮女人，哪里就有他。

"一个轻浮下贱的家伙！"情报官心里骂道。

于是，吉川成了"浪荡公子"。一个出了名的却又令人厌恶的，一个人人似乎都认识的却又不放在心上的家伙，这为他的间谍活动打开了方便之门。一次他风流潇洒地搂着一名艺妓，坐上了夏威夷的观光飞机，作为一个优秀的摄影家，他能够在把镜头对准艺妓的同时，把停泊在附近山丘边上的舰船都拍下来，连几个过去不曾发现的隐蔽很好的停机坪也进了他的长镜头。

太平洋战争进入"读秒"期，吉川出入春潮楼更勤了，丰富而准确的情报，通过无线电波，源源不断地发回日本情报本部。

吉川到檀香山3个月后，明显感到情报本部对情报要求的密度加大了，要求也越来越细了，过去每10天报告一次情报早已改成了一星期一次，最近又改为一星期三次。为此，吉川不得不冒着暴露的危险，出入春潮楼更勤了。

1941年11月1日下午，来往于美日之间的"新田丸"号客轮又一次靠上了檀香山码头。只有极少数人知道，这可能是"新田丸"号战前的最后一次航行。

12月6日，一个随着日历自然来临的星期六。这天傍晚，美国太平洋舰队90艘出海训练的舰船像往常一样鱼贯泊在了珍珠港内。一向讲究生活节奏的美国官兵当然不会放过一个轻松的周末。他们脱去军装，重整衣冠，各自上岸寻找"老地方"去了。

就在这天晚上，刚在春潮楼上风流过的吉川匆匆返回领事馆，向东京发出了第254号特急电报：

本日内，港内共有9艘装甲舰、3艘扫雷艇、3艘轻型巡洋舰和17艘驱逐舰。船坞里还有3艘轻型巡洋舰和2艘驱逐舰。重型巡洋舰均未在港内。

上面的报告，只有两个地方搞错了：一个是搞错了一艘装甲舰的名字，另一个是忘记了港内还停泊两艘当天未出港的重型巡洋舰。

当然，吉川不知道，这是他在珍珠港8个月的情报活动中发回的最后一份情报。

此时，离日本舰队突袭珍珠港只有12个小时了！

当他从艺妓的怀里被铺天盖地的轰炸声震醒的时候，他知道，和自己息息相关的这场战争终于打响了，他也知道，自己的"戏"该收场了。连续几天的紧张活动，使吉川感到很疲乏。发完电报以后，他喝了几杯威士忌，冲了个热水澡，又用电话召来了一个刚认识的艺妓，早早就上床睡觉了。

不知不觉中，吉川被连续不断的震耳欲聋的爆炸声惊醒了，他一下从艺妓的怀里挣出来，疾步来到院内，此时，领事馆的人差不多都来到了草坪。剧烈的爆炸声是从西北的珍珠港方向传来的，一股股冲天而起的滚滚浓烟，已经把它身后的山脉裹了个严严实实。

吉川抬眼看了看领事馆钟楼，时针指向当地时间12月7日早晨7时55分。

吉川和不远处站着的喜多激动地对视了一眼，他们知道：这场战争包含了他们一份特殊的贡献！

"戏"该收场了，吉川想。于是，他又悄悄溜回寝室，开始焚烧那些凝聚自己大半年心血而积累起来的资料。

直到这时，联邦调查局的人，包括日本领事馆的人，仍然不知道这位已经完成了一项历史使命的"花花公子"的"花花肚肠"的秘密……

"麻风"女间谍——胡爱

第二次世界大战期间，流传着一个女间谍的传奇故事。

当胡爱还是一个小姑娘的时候，就到马尼拉同她的叔叔一起生活。后来，她同雷那托·马利亚·葵雷罗博士恋爱并结了婚。

1941年冬天，胡爱开始感到体力不支和食欲不振，全身出现了肿块。这时，她的女儿辛西亚刚满两岁，丈夫请来了一位专家为她诊治，医生委婉地告诉了她病情的真相："这是麻风病初期阶段，你只有23岁，而且现在又有良好的治疗方法。但是孩子是最易感染的，所以你必须离开你的孩子。"于是胡爱把她的孩子送到祖母那里。当时，世界上一些国家通行的规定是：麻风病患者在街头经过时，必须摇铃。一旦人们听到铃声，看到麻风病患者的面孔和疮伤，都唯恐躲闪不及，这是人们的一种自然的"条件反射"。

珍珠港袭击事件发生后，日本兵开始大摇大摆地走在马尼拉街头。有一天，5个日本兵在大街上令胡爱和其他4个年轻妇女停步，企图对她们非礼。胡爱，这位弱女子，凭着一张点点红斑的脸，举起她的阳伞，狠揍那个个头最大的日本兵。大概是条件反射的作用，这些日本兵竟对她无可奈何，只好把她放走。那一天夜里，她朋友的丈夫对胡爱说："像你具有这种精神的妇女应参加游击队，你正是我们秘密工作所需要的人。"他告诉她，菲律宾人的地下组织正在把关于日本人的情报送给在澳大利亚的麦克阿瑟，从而有助于他们策划菲律宾群岛的解放。最后，问胡爱愿意不愿意加入他们的行列。

"我可干不了什么大事，"胡爱说，"但小小的帮助也有用。行，我参加！"

胡爱被指派去监视滨海地区。她在那里发现了隐蔽的日本高射炮群，便画了一幅速写，把它藏在篮子里的一只挖空了的水果里。一个日本兵拦住了她，她只说了"麻风病"几个字，那个日本兵便转身而去。

1944年9月，美国人逼近马尼拉，轰炸胡爱曾为他们在地图上标出的高射炮阵地。日本反谍报的警察到处抓人，许多游击队战士被抓住，受酷刑或者被枪杀。在一次秘密电话联系之后，胡爱会见了盟国情报局的马纽埃尔·柯雷可上尉。

"我能做些什么呢？"胡爱问道。

他派她到城郊的一个约定地点去和一辆卡车会合。胡爱穿着一双鞋底凹进去的木鞋，鞋底里藏着的薄纸卷里有日本人防御马尼拉的情报。卡车带着她在格卡伦崎岖不平的路上驶了50英里。在那里，有一个向导把他们引上一条狭窄的小径。他们穿了过去，进入了森林中一片空地。这里是一百多名菲律宾游击队员生活的营地。胡爱看着他们架设起了无线电装置，把她送来的情报转发出去。

从此，胡爱变成了"一个跑腿的童仆"。她把报告、地图和照片带到游击队隐蔽的地方。也正是在游击队的营地里，她听到了无线电传来的振奋的消息："美国人正在吕宋岛登陆！"游击队用偷运进去的油印机印刷传单。胡爱把这些传单带到马尼拉，和其他志愿人员一起，在灯火管制的黑暗中把传单递进家家户户的大门里或过路行人的手中。

接着，胡爱被派去侦察日本人的军火贮存站。一天夜里，她在家里听到敲门的暗号，开门迎进来一个身穿日本制服的男人，交给她一口袋好像是蔬菜样子的东西。"这里有一些给葵雷罗博士的东西。"他匆匆忙忙地低声说了一句，然后就走开了。她的丈夫也是地下人员，她收下了这袋"蔬菜"，一句话也没说。此后，许多个夜晚，敌人军火贮存站接连发生雷鸣般的爆炸。不久，柯雷可捎话来，要她再从事信使的工作，于是胡爱又回到了格卡伦。由于缺乏食品和药物，她日渐衰弱的身体经常发烧，剧烈的头痛折磨着她，臃肿的双脚和身上出现了更多的斑块。她祈祷上帝给自己带来帮助。

1945年初，当美国军队逼近马尼拉的时候，柯雷可交给她一项更危险的任务。把一张关系到美军作战行动的地图送到马尼拉以北40英里的美军第30师师部。

一路上战斗正在进行。日本军队严守着每一条大路和每一条小道，搜查每一个行人。车辆更不能通过。

开始，胡爱趁着夜色走路。由于睡眠不足，她更加衰弱，头疼变得更厉害了。她决定试着白天赶路。第一天，一个日本军官阻止她，走过来要搜查她。地图用胶布贴在她双肩之间。日本军官走近她身边，盯着她的脸。这张脸浮肿而长着点点红斑。

日本军官恐惧地凝视着她，然后很快地挥手要她走开。胡爱知道，她有一张可怕的能够帮助她安全通过的"通行证"。

胡爱就是凭着她那特殊的"通行证"，经过长途跋涉，终于把地图送给了美军，拯救了成百上千名美国士兵的生命。胡爱被美国政府授予银棕榈自由勋章。

山本五十六死亡之谜

1943年5月21日，日本新闻广播员以沉痛的声音播报了一条震惊日本全国的消息："山本五十六大将于本年4月18日在前线乘机指挥作战时壮烈牺牲。"

这一消息如同晴天霹雳，给日本军民带来极大的冲击和惊愕。这位曾经策划发动了太平洋战争，为日本军国主义立下了汗马功劳的海军大将之死，沉重打击了东条英机称霸太平洋的野心。

山本五十六是第二次世界大战中太平洋战争元凶之一。他身材矮小，文质彬彬，但性格倔强，胆大心细，善于深谋远虑。1937年"八一三"事变后，山本五十六曾多次指挥航空母舰舰载机轰炸上海、武汉，并参与了南京大屠杀，在中国欠下了累累血债。山本五十六用兵一向诡秘多变，以突然、迅速和敢于冒险、善于使用航空母舰舰载机而著称。1939年他出任日本海军联合舰队司令官后，日本海军将一切胜利希望寄托于他，把他誉为"日本海军之魂"。

1941年，山本五十六一手筹划并直接指挥了偷袭珍珠港等一系列大海战。这一年的12月，日本对美发动战争，这一计划在日本海军中只有7人知道，陆军只有5人知道，政府中只有东条英机首相知道。日本联合舰队在战前的12天航行中，停止一切无线电通信；为了麻痹美国，掩护突然袭击，日本在确定日期后，仍指令野村、来栖两位大使与美国继续谈判。而美国统治集团长期以来对日本侵略者实行绥靖政策，妄图利用日本军阀的军刀来镇压中国人民的革命运动和向北攻打苏联。就在日本偷袭珍珠港前夕，罗斯福还给日本天皇写信，呼吁和平。美国政府的错误战略思想，使其军界、政界和部队指战员完全丧失警惕，对战前的许多现象麻木不仁。震撼世界的日本偷袭珍珠港事件，使美国的太平洋舰队共有18艘舰只被击沉和重创，188架飞机被炸毁，159架飞机被炸坏。美军死亡2403人，重伤和失踪233人。而指挥这次偷袭珍珠港的日本海军总指挥正是山本五十六。深受其害的美国军界、政界以及部队官兵家属从内心对他恨之入骨。

山本五十六真的是在前线作战中战死的吗？像他这样在日军中屈指可数的高级将领怎么会亲自乘战机上天指挥战斗呢？人们心中充满疑团。

直到第二次世界大战结束后，山本五十六毙命的真相才大白于天下。

那是在战后不久，一名原日本联合舰队的参谋，向美国战略轰炸调查团成员询问："你们是怎样搞到山本长官座机情报的？"一位美国海军军官笑了笑，用手比画着回答："靠的是嘀……嘀……嘀——嗒……嗒。"当时担任美国海军舰队司令的尼米兹将军回答记者就此事的提问时，也十分坦率地说："当时我们可以破译日本方面所有的密码，我们完全掌握了山本司令被击落那天的行动计划。"

美国人是如何截获和破译了山本行踪密码的呢？这还要从头说起。

第二次世界大战中，太平洋所罗门群岛南部硝烟弥漫，珍珠港惨遭日军轰炸后，一直图谋报仇雪恨的美国人，急于搜寻日本海军的各种情报。然而，日本海军严格的保密制度和复杂奇特的密码，使美国人无计可施。

1943年3月29日，"基威"号巡洋舰在瓜达尔卡纳尔岛附近海域巡逻时，发现了一艘日本潜水艇，立即用深水炸弹向它进攻，接着又开炮射击，最后竟开足马力撞压过去，一下子骑到了它的背上，潜水艇被彻底撞毁，沉入数十米深的海底。美国人欣喜若狂，因为这艘潜艇里载有日军的密码本。这对美国海军情报部门来说真是价值连城。

第二天，美国的舰艇便开到了这片海域。潜水员潜入海底捞"宝"。这是一片珊瑚海底，没有风浪，没有漩涡，海水清澈透明。日军潜艇静静地躺在水下，像个被遗弃的婴儿，艇体伤痕累累，舱门紧闭。潜水员用割枪割开艇体，钻了进去。舱内灌满了水，借着手电的光亮，潜水员拉开指挥舱铁制台桌的抽屉仔细翻找，终于找到了几个红皮的本子。"密码本，没错，要的就是它。"潜水员急忙把本子抱在怀里，匆匆钻出潜水艇，浮上了水面。

日军知道载有密码本的潜艇被击沉，再也不敢使用这种可能落入敌人手中的密码。但当时战争紧张地进行，不能因等待更换密码而中断指挥，只好仓促决定使用JN-25密码本的简便更改本。这种新的密码并无多大变化，无疑会对日军带来巨大的灾难。美国海军太平洋舰队的无线电侦听破译部门很快就破译出日军更改后的密码。

1943年4月13日，美国太平洋舰队前沿的无线电侦听单位截获了日军的一份极为重要的密码电报，经过3天苦战，终于全部破译。密电内容是：联合舰队司令官于4月18日视察巴莱尔、肖特兰和布因基地。密电中说到了视察的详细路线，山本将在6架零式战斗机护航之下，乘坐"贝特"重型轰炸机，飞往巴莱尔岛。山本起飞和到达的时间以及到各地视察的安排非常详细。美国情报机关根据其他方面的情报证实了这一情报的准确性。这些情报被美军掌握，就等于宣判了山本五十六的死刑。

美国总统罗斯福听到海军作战部部长关于破译密电情况的汇报后，当机立断：一定要派飞机拦截山本五十六，击毙敌人营垒中这个最杰出的战略家。美国几位上层人物也都认为这是雪珍珠港之耻的天赐良机。经过短暂的研究，制订了战斗方案，并给这次行动起名叫"复仇"。

4月18日7时25分，瓜达尔卡纳尔岛亨德森机场上16架P-38型"闪电式"战斗机腾空而起，呼啸着直扑巴莱尔。几乎就在同时，700多英里外的山本五十六大将一行也按预定时间起飞了。山本五十六当时为了准备在太平洋的进一步军事行动，计划于4月中旬率领参谋人员赴所罗门群岛。山本的幕僚渡边中佐为山本草拟了日程安排，亲自把他送到第八舰队司令部，要求派信使送走。但那里的通信官却坚持用无线电报发出，说道："密码4月1日才启用，不可能被人破译。"

美军负责这次作战任务的约翰·米切尔上尉在前面领队，执行开火任务的汤姆·兰菲尔紧跟其后。美机起飞后实行无线电静默，紧贴着海面飞行了约2小时，双方犹如预演过一样，在布干维尔岛附近上空相遇。山本乘坐一架双引擎陆上攻击机，6架零式战斗机紧随座机两旁。

米切尔指挥12架战斗机故意爬升到高空，以引逗日本零式战斗机，担任护航任务的零式战斗机果然上当，它们不顾一切地冲向米切尔指挥的机群。担任主攻任务的兰菲尔趁机飞向山本座机，护航的日机发现情况不妙，全速冲下来，企图保护山本五十六的座机。此时，山本的座机正贴着林海树梢逃避。就在这一瞬间，兰菲尔按动了电门，一长串子弹呼啸着射入山本的座机内，只见座机右发动机起火，拖着一条长长的烟柱，一头向布干维尔岛上的密林中栽了下去，随着冲天的火光，巨大的爆炸声惊天动地。整个战斗只用了4分钟。

事后，日本军方在布干维尔岛丛林中找到了山本的尸体和飞机的残骸。

末代沙皇之子是间谍

1958年4月，美国驻瑞士大使亨利·丁·泰勒收到了一封密信。泰勒打开信件就立即把它转交给了中央情报局驻伯尔尼站站长。这是一封什么信呢？

中央情报局人员发现，在寄给泰勒的信中还装有一个信封，收信人是埃德加·胡佛。给胡佛的信是用德文打字机打的，只有两句话："我愿意就共产党在西方的间谍活动提供有价值的情报。如需要，请在《法兰克福日报》的'人物'专栏上登一则收到信件的启事。"信尾署名"斯尼珀"。

斯尼珀是在同赫赫有名的联邦调查局局长胡佛对话，中央情报局只好把信件的事告诉了胡佛。胡佛得知中央情报局人员私拆了他的邮件，勃然大怒。他指责中央情报局竟敢这般对待联邦调查局局长，但最终还是同意由中央情报局处理此案，条件是斯尼珀提供的情报必须无一遗漏地通报给联邦调查局。

中央情报局一名懂德语的官员奉命审查斯尼珀的信件，以确定写信人的国籍及身份。这位懂德语的官员报告中央情报局说："从信件上看，所用句子全是波兰句法。据此推断，他不是土生土长的德国人，同我们对话的是一个波兰人。"中央情报局还分析了斯尼珀使用的打字机和信纸上的墨迹，确认为东欧的产品。斯尼珀究竟是什么人？中央情报局一时无从知晓。他是精神病患者吗？是共产党设的圈套还是真有其人？还是共产党派的奸细？

中央情报局在《法兰克福日报》的"人物"专栏上登了一则小启事，通告斯尼珀：信已收到。此后，斯尼珀与中央情报局的通信联系开始了。最初，通一封信要隔很长时间，逐渐，斯尼珀的胆子越来越大。后来，信件频频而来，数月间中央情报局共收到14封信。

中央情报局决定加强同斯尼珀的联系。中央情报局在《法兰克福日报》上又登了一则启事，给了斯尼珀两个联系信箱。第一个是西柏林的信箱号码，第二个投信点是西柏林蒂尔加区的一家公共浴池。这样斯尼珀既可向那里投寄信件，又可收到密写的搜集情报的指示信。斯尼珀还得到了中央情报局给他的一个在紧急情况下使用的电话号码。

斯尼珀的来信，由中央情报局设在柏林的基地负责拆阅、拍照，然后转回华盛顿进行分析和答复。

在充当隐身的双重间谍两年半之后，斯尼珀终于在1960年的初冬，叛逃到了美国。因为当时克格勃发现有人充当美国中央情报局的双重间谍，让斯尼珀配合查找，这使他警觉地感到，中央情报局里一定有克格勃的"坐探"，这一秘密就是内线人物报告的。

自感身陷危机的斯尼珀必须立即采取行动，他要伺机逃离。1960年的圣诞节，斯尼珀带着妻子出现在美国驻西柏林的军事代表团面前，证实自己是波兰军事情报局副局长米哈伊尔·戈列涅夫斯基。同时，他作为一名苏联间谍，还向克格勃报告他的波兰同事企图向苏联朋友隐瞒的一切事情。

戈列涅夫斯基在逃离华沙之前的几个月里，把几百份事先拍摄下来的文件藏匿在每天晚上下班回家时路过的一棵大树的树洞中。他把叛逃的日期选定在圣诞节假期的第一天，这样，在他的失踪被对方发觉并发出通缉之前，他早已逃到远方，同时，也可给中央情报局足够的时间来通知华沙的官员把树洞中的密件取走。

中央情报局人员发现，戈列涅夫斯基足足藏匿了三百多张米诺克斯微型相机拍摄的文件胶卷——情报人员名单和组织编制表。

中央情报局的高级官员称戈列涅夫斯基是"美国有史以来拥有的最佳叛逃者"。

"我是俄国末代沙皇尼古拉二世阿历克赛·尼古拉也维奇罗曼诺夫大公的儿子。"戈列涅夫斯基一到美利坚国土就对美国中央情报局官员亮出了自己的真实身份，并把自己从俄国逃到波兰后改名换姓混入了波兰情报机关的事全部告诉中情局官员。戈列涅夫斯基要求美国中央情报局帮他弄回沙皇在俄国失去的财产。对此，中央情报局毫无办法，只好在1964年同戈列涅夫斯基中断了联系。

斯尼珀在给中央情报局的信件中提到克格勃在波兰有一名打入英国海军部的波兰间谍，这个间谍最初在英国驻华沙海军武官处工作过。根据斯尼珀的这份情报，英国人查到了曾在华沙任过职的哈里·霍顿，现在在英国的波特兰海军基地当职员。1960年6月，伦敦警察厅派出的特工人员发现，霍顿及其女朋友埃塞尔·吉在伦敦滑铁卢路上的老维克剧院前，把一个包裹交给了一个名叫支登·郎斯代尔的自动电唱机售货员。此后，伦敦警察厅又发现每次会面后，郎斯代尔都到伦敦市郊的赖斯利科区登门拜访彼得和美伦·克罗格夫妇。

斯尼珀还暗示苏联人已获得了一份列有英国军情六处拟在波兰征募的二十六个对象的名单。中央情报局东欧处一个分析研究人员发现，英国情报机关在一年前向美国提供了一份同样的名单，这就证实了斯尼珀所提供的情报的准确性。

斯尼珀又在一次报告中称，听一个克格勃高级官员讲，西德情报局已经完全被苏联间谍渗入。他指出，在1956年访问过中央情报局的西德情报局官员中，有两名是克格勃的"鼹鼠"。

戈列涅夫斯基叛逃后，伦敦情报机关就着手侦破打入英国海军部的间谍网。

在一个周末的傍晚，郎斯代尔、霍顿和埃塞尔·吉在滑铁卢路散步时，被一名侦探盯上了。当郎斯代尔殷勤地帮吉提购货袋时，伦敦侦察人员把他们三人逮捕归案。

在赖斯利科区，侦察人员彻底搜查了克罗格的家，发现了一个中间是空筒的打火机，里面装有一个一次性密码便条，上面写有联络时间和频率；还发现了一个贴着房檐架设的无线电天线；在厨房的地板下面藏有大功率发报机，随后克罗格夫妇被逮捕。

戈列涅夫斯基抵达美国之后，英国的审讯人员也赶到美国，他们要进一步调查苏联人是怎样弄到那份英国军情六处在波兰拟征募的间谍名单的。戈列涅夫斯基坚持说，那份名单不像英国军情六处所相信的那样是被人盗走的，而是由一名在柏林的间谍交给苏联人的。这就是说，所牵涉的范围很小。英国军情六处通过中心登记科查找，在这里，每一项有关的事情都可得到充分的复查。英国军情六处在中心登记科查出了引人注意的疑点。就这样，挖出了深藏在英国军情六处的苏联双重间谍乔治·布莱克。

戈列涅夫斯基的情报还导致了苏联双重间谍费尔弗被揭露。费尔弗是西德反间谍机关的副首脑。通过对他的监视，又挖出了在波恩负责侦察工作的头目汉斯·克莱门斯等一批双重间谍。

1954年，一个名叫彼得·杰里亚宾的苏联叛逃者曾警告说，西德联邦情报局里有两个化名彼得和保尔的克格勃间谍。1957年，美国中央情报局对西德联邦情报局进行一次安全分析，结果发现负责针对苏联的反情报行动的费尔弗可能是一个渗透间谍。在以后的两年时间里，对他的怀疑有增无减，直至收到戈列涅夫斯基的信。在早期的一封信中，戈列涅夫斯基警告说，苏联在向波兰人传达西德情报机关报告的概要。这个秘密消息加深了中央情报局对费尔弗的怀疑，但证据仍然不足。戈列涅夫斯基在后期的一封信中提供了一些具体的情况。戈列涅夫斯基报称，他曾听到克格勃反情报头目说，1956年，六名西德联邦情报局官员由中央情报局承担旅费，访问了美国，在这六人当中，有两名是苏联间谍。经过查阅档案，很快列出了1956年曾是中央情报局"座上客"的六名西德联邦情报官员名单，其中之一便是拉因茨·费尔弗。

通过对费尔弗电话的窃听，发现他同西德联邦情报局驻波恩监视队队长汉斯·克莱门斯通过几次电话。对克莱门斯监视表明，他可能是一个苏联间谍网的交通员。他的行动与苏联秘密广播总有一些奇怪的巧合。1961年9月的一个星期五，克莱门斯给费尔弗打电话，抱怨说有一份电报破译不出。费尔弗让克莱门斯用挂号信把那份电报寄给他。德国安全人员截收了这封信，发现在一张纸上用密码写着费尔弗的苏联专案官员发来的指示。信封被重新封好，于星期一上午寄到费尔弗手中。当天晚上，费尔弗被逮捕，他的口袋里还揣着那封信。

摩萨德的釜底抽薪计划

1962年初，以色列摩萨德得到了德国专家准备帮助埃及的情报。

原来自1956年苏伊士运河战争后，埃及急需苏联提供军事援助，莫斯科满足不了埃及的要求。埃及总统纳赛尔无奈，便请求德国科学家到埃及来建立和发展军事工业。

不久，一批德国科学家来到了埃及。担任制造超音速驱逐机的设计师是威廉·梅塞施米特，他曾是希特勒最主要的战斗机设计师。威廉设计师的副手是费迪南德·布兰德纳教授，他曾是希特勒时代容克式飞机工厂的总工程师。他们俩领导着几百名德国人在开罗南郊的勒赫万建起了两家飞机工厂。他们帮助埃及建造的超音速飞机能驱逐以色列飞机。

与此同时，埃及还招募了几百名德国导弹专家。其领导人是哈桑·赛义德·卡米尔。在这批科学家中最有名的是欧根·森格尔，他曾在1935年按照希特勒的命令，建立了世界上第一个火箭研究中心。这些昔日希特勒的导弹科学家，在开罗帮助埃及研制3种导弹。它们是：战胜者式导弹，预计能携带半吨重的弹头，射程

为500公里；探险家式导弹，它将是最先进的导弹，射程为900公里；征服者式导弹，它能够携带1吨重的炸弹。到1962年埃及已拥有了两种中程地对地导弹。由于埃及缺乏人才，在哈桑·赛义德·卡米尔的领导下，瑞士的两家企业麦赛奥公司和麦特普涡轮发动机公司为埃及提供火箭零件，斯图加特城的英特纳公司也参与了此事。

以色列领导人得知埃及的这一计划时，急得如热锅上的蚂蚁。他们知道埃及这项计划如顺利完成，以色列面临的将是什么命运。以色列摩萨德首脑伊雷·哈塞尔亲自跑到德国，对联邦德国特工部门的负责人赖因哈尔特·格伦施加压力。但是，哈塞尔得到的是这样的嘲讽："我最要好的朋友恰恰都是犹太人，怎么能说我支持这些老纳粹分子呢?"显然联邦德国对此事不闻不问。

以色列领导人通过外交途径无法解决此事,他们就采纳了伊雷·哈塞尔的建议,即借用地理条件,实施暗杀计划,进行釜底抽薪的计谋解决这一问题。伊雷·哈塞尔认为,埃及兴建新兴军火企业的主要组织者和技术人员都是德国科学家,如果这些人不干了,埃及这一计划就会全部落空或中途搁置。这些德国科学家因埃及所给待遇丰厚而甘愿效劳。以色列阻止这些德国科学家继续效命的有效办法是干掉他们,或者是威胁他们的亲人、家属。

万一以色列这一暗杀、威胁的行动被发现,世界舆论谴责以色列,那么与此事相连的德国科学家帮助埃及建造军火企业的事也会暴露于世。那时即使德国政府也不得不承认自己的不是,在世界舆论压力下撤回自己的科学家。

按照伊雷·哈塞尔的计谋,摩萨德开始了暗杀、威胁计划。一系列令人意想不到的事发生了。哈桑·卡米尔太太在一次神秘的车祸中死亡;埃及的德国导弹研制组重要成员海因茨·克鲁格在1962年9月被绑架,之后就永远消失了;另外有15名德国科学家在上述这类"意外事件"中死于开罗市中心。一天,一个寄给同德国科学家一起工作的埃及卡姆尔·阿扎兹将军的包裹被送来。当人们打开包裹时,它突然爆炸,5名德国工程师当场被炸死。在联邦德国,此类事情也在发生。斯·克莱被韦希特尔博士用无声手枪打死。他的研究计划,这次要解决在开罗制造的导弹的制导系统。这一系列意外事件的发生,使得德国科学家开始胆战心惊了,他们越来越意识到他们的生命和安全受到了威胁。他们的朋友也越来越频繁地收到警告信,这些德国科学家开始惶惶不安。

1963年9月,两名以色列摩萨德成员在瑞士实施暗杀计划时被发现。瑞士保安部门和德国当局展开了一系列调查。瑞士法庭也对这两名杀手进行了诉讼。这一系列活动不但未导致这两位以色列人遭判刑，反而使他们得到了中立国瑞士国民的同情。由于这一诉讼案，德国和瑞士科学家帮助埃及研制新式武器的事情暴露了出来。在国际舆论的压力下，波恩政府通过了一项禁止德意志联邦共和国的公民在埃及的军火工厂和火箭厂供职的法令。这样德国的专家们纷纷离开埃及，回到了自己的老家。瑞士也对麦赛奥公司和麦特普涡轮发动机公司做出了严格规定，禁止它们向埃及提供所需的军火零件。

故意的泄密案

1971年夏天，《纽约时报》摘要刊登了埃勒斯伯和鲁梭提供的一篇有关美国侵越战争的军方材料。

这些材料记录着美国用大量武器援助法国侵略越南、美国中央情报局在北越进行恐怖破坏和颠覆越南吴庭艳政权，以及美国政府如何制定侵略政策，并发动了侵越战争。这份记有美国侵略罪行的材料一披露，在美国引起了巨大震动，其实，这正是美国政府所希望的。当时，"水门事件"和侵越战争使白宫内外交困，美国政府为了摆脱在越的困境，便导演了这起五角大楼泄密案。

为了做得煞有介事，美国政府立即起诉，经纽约州法院裁决，禁止《纽约时报》发表这些材料。但《纽约时报》坚持有权发表这些材料，认为"美国人民应了解越南战争的内情，不会危及国家安全"。对这个裁决，白宫似乎还不甘心，以间谍罪、偷窃罪和阴谋罪继续控告埃勒斯伯和鲁梭，并非法监听他们的电话。白宫还利用美国人乐于把个人隐私告诉精神分析大夫的习惯，指派中央情报局专家偷走了埃勒斯伯和鲁梭的病历材料，又故意泄露给法院。法庭审理后，认为"这场官司是违法的，被告不应受到司法机关的秘密追究"，理由是"政府违反法律的程度远远超过了被告"。结果，埃勒斯伯和鲁梭又提出了反诉，要求政府提供200万美元的赔偿费，并要求尼克松出庭作证。对此，白宫没有丝毫反应，最后不了了之。

原来，为泄露这些材料，美国政府费了一番苦心，先物色了专门为美国政府从事情报研究并参加过材料编撰的狂热爱国者埃勒斯伯和鲁梭，把他们派到了越南，使他们看到美军在那里的暴行，从而改变了美军在他们心目中的形象。埃勒斯伯认为："必须让美国人民了解这些真实情况，不能再生活在谎言中了。"他和鲁梭回国后，将保存在兰德公司的一套材料复制了绝大部分提供给报社。对此，兰德公司不仅知晓，联邦调查局也十分清楚。他们故意放松对这些材料的保密措施，任其泄露出去，以便酿成反战声势，尽快结束越南战争。果不其然，五角大楼的秘密披露后，促使美国国会不惜一切代价，下决心从越南的战争中解脱出来。

尤尔琴科事件

克格勃的超级间谍尤尔琴科，于1985年8月"叛逃"美国，同年11月又逃回苏联。对此事，各国舆论众说纷纭，真假难分。

尤尔琴科于1975年至1980年以一秘身份在苏驻美大使馆负责反间谍工作。1985年4月开始任克格勃第一总局第一处（负责美国、加拿大方面的工作）副处长，为上校军衔。他长期从事反间谍工作，是一位反间谍老手。西方尤其是美国对他比较了解，对他的行踪相当注意。1985年7月，尤尔琴科以外交官身份抵达罗马，住在苏驻意大利使馆官邸内。8月1日，他前往梵蒂冈博物馆"参观"。来到圣彼得广场，天很热，他在教堂廊柱之间坐了一会儿。就在这时，他感觉到一种湿乎乎、凉津津的东西从脸上滑过，接着出现了奇妙的感觉，不知过了多久他才恢复了记忆。当他能下床时，看到屋外，在有特色的小草坪上，几个黑人正在平整地面。他明白了，自己在美国，而且是在中央情报局的一所独屋里。一个名叫查理的美国人始终不离他左右，当尤尔琴科的神志刚清醒，查理就为他安排会见中央情报局官员；尤尔琴科要求见苏联代表，却遭到拒绝。随后他们给尤尔琴科两种药，一种是中央情报局特种实验室制造的；另一种是在服后几分钟就会陷入抑郁状态，接着被一种奇怪的不安全感所代替，紧张、惊恐，总想逃到什么地方。中央情报局人员把处于这种状态的尤尔琴科拖进审讯室，他渐渐失去理智，有时甚至失去知觉。此后，中央情报局局长凯西会见了他。中央情报局为尤尔琴科"洗脑"，以100万美元的一次性津贴和6.2万美元的年薪为条件，建议他与中央情报局签订合同，提供克格勃在美国的情况。凯西多次宴请尤尔琴科，给他布置了"宏伟的计划"，劝尤尔琴科为美国工作。一段时间以后，尤尔琴科一方面只得向中央情报局提供一些情报，以博取对方信任；他供出了几个在美国情报机构工作的苏联间谍。另一方面，他又千方百计地与苏联取得联系，以种种理由寻找过去的朋友；他开始考虑逃跑计划，研究看守的弱点，他愿以生命做代价冲出牢笼，揭开神秘失踪的真相。

11月初的一个星期六，尤尔琴科以购置冬衣为借口，请求允许进一趟城。当时，中央情报局已开始让尤尔琴科过"正常的"生活。决定陪他进城的是一个最年轻而又比较容易亲近的看守汤姆。他们开车来到小镇，进了商店向男服部走去。汤姆留在男服部的入口处，但他没有注意到，挂衣室后有一个小过道，过道两边是管理人员住的几个房间，在这些房间之间有一部电话机。汤姆在大厅里东张西望，尤尔琴科趁机钻进了小过道，抓起电话拨通了苏联大使馆值班室电话，他告诉对方他目前的处境，并要求把所有大使馆入口的大门打开，他准备逃回使馆。可是电话被联邦调查局截听了。尤尔琴科打完电话后买了一顶宽檐的软帽塞进了外套的袖筒里。出了商店，尤尔琴科提议出钱请汤姆去一家高级法国饭店吃饭。汤姆同意了。两人开车到华盛顿，尤尔琴科决定从饭店逃走。订了菜以后，尤尔琴科要去洗手间，汤姆在他前面察看了一番，尤尔琴科趁机跳到入口处，他一边走一边掏出软帽戴上，把外套里朝外反着穿，他兜了一小圈就径直向苏联大使馆走去。大使馆附近已有一些可疑的人，尤尔琴科有意等两个美国人走近并与他们攀谈前进，就在这时，美国中央情报局的汽车从旁边经过，他们认出了他，尤尔琴科便不顾一切跑进了苏联大使馆。

在苏联驻美大使馆的记者招待会上，尤尔琴科谴责中央情报局绑架他，关押、拷打和使用麻醉剂，向他套取情报。他的指控引起舆论大哗，搞得美国十分狼狈。苏联政府指责美国绑架尤尔琴科是"十足的国际恐怖活动"，违反国际法，违背人道标准和基本人权。接着，苏联向美国提出强烈抗议，中央情报局十分狼狈，自夸的"间谍战中的一次重大胜利"化为乌有。而里根总统则命令凯西在中央情报局"清理门户"。尤尔琴科和盘托出了中央情报局所施伎俩，使美国情报界陷入混乱状态。

尤尔琴科回到苏联，经过身体治疗后仍在国家机关工作。

美国驻莫斯科使馆的 "警卫" 的失职

1986年2月的一天深夜，坐落在莫科斯花园环行大街上的美国大使馆周围死寂一样宁静。此刻，担任美国使馆警卫任务的是美国海军陆战队士兵克莱顿·隆特里中士和阿诺德·布雷西下士。突然，在使馆门前出现了几个黑影，悄悄地溜进美国大使馆里。在警卫隆特里和布雷西的带领下，他们蹑手蹑脚地进入了美国使馆机要室。

这几个人是克格勃特工人员。美国使馆机要室设在使馆大楼的第9层，是一个塑料制作的室中之室，人们叫它 "泡泡室"。这个房间不大，里面最多只能坐7个人，室内只有一张桌子，边上有一台打字机。但这个房间却装有特制的防窃听设备，是使馆里的保密谈话室，房间中有国家的许多机密，同时还放有一些绝密文件。平时，9楼由海军陆战队士兵警卫，他们对每位来访者都要进行盘问检查。使馆内的工作区平时是不让在使馆里工作的苏联雇员进入的，工作区的办公室也不让苏联雇员清扫，由使馆外交官自己打扫，苏联人要想接近这里是不可能的。

然而现在，这几位克格勃特工人员却顺利地进去了。他们进入机要室以后，让美国士兵望风，他们投入到了紧张的工作：有的人在房间的一些地方或设备中安放窃听器，有的人翻阅着绝密文件，有的人迅速地用照相机拍摄资料。这些技术性工作对他们来说，真可谓驾轻就熟了。

一个小时过去了，两个小时过去了，一切顺利。就在他们聚精会神地干着这一切的时候，忽然，一名克格勃特工人员不小心触及了报警系统。"丁零……"警铃刚刚发出声响，隆特里赶紧上前切断电路。这一下特工人员慌了神，赶紧把一切东西放回原位。紧接着，在隆特里和布雷西的帮助下，他们飞快地离开了美国大使馆。

隆特里和布雷西已经不止一次地这样做了。从1985年7月到1986年3月，他们屡次让克格勃特工人员进入美国使馆内，窃取拍摄秘密文件。

年仅25岁的隆特里中士，1984年9月被调到美国驻莫斯科使馆担任警卫工作。在他来到使馆后不久，在使馆担任译员的苏联雇员维奥莱塔·谢娜博得了他的欢心。谢娜是使馆里公认的漂亮姑娘，金黄色的秀发披散在肩上，大大的眼睛，高高的个子，穿上合体的衣裙，更加妖媚动人。她就是这起使馆间谍案的中心人物。美国大使馆里有人说，谢娜姑娘对大多数人态度冷淡，然而，对隆特里却特别热情。有一天，他们在莫斯科地铁站"巧遇"，这位俄罗斯姑娘把隆特里带到她家里做客，她的谈吐和举止使隆特里更加着迷。分手之时，他们约定再次到地铁站相会。

从此，两人坠入情网。他们每次约会都在地铁站附近，然后到谢娜家，多次发生两性关系。1986年1月，他们在地铁站又一次见面时，谢娜向他介绍了她的"萨沙叔叔"。见面后，"萨沙叔叔"就单刀直入地向隆特里提出要他提供美国使馆的情报和文件。

随着他们关系的进一步发展，隆特里知道了“萨沙叔叔”是克格勃的特工人员，他的真名叫阿列克谢·叶蒙莫夫。

据美国海军陆战队调查人员说，隆特里在莫斯科期间，向克格勃提供了美国在苏联从事情报工作人员的名单、地址和照片。他还多次将克格勃特工引进美国使馆武官住宅，让他们“察看”房间里的设备，窃取文件和密件。

1986年12月，被调到维也纳担任警卫工作的隆特里实在吃不消克格勃一再施加的压力，于是向美国驻维也纳大使馆中央情报局官员自首。

隆特里承认，由于开始他没有主动报告这件事，便在克格勃设下的“美人计”陷阱里“越陷越深”。

　　21岁的布雷西下士，开始是在1986年8月同使馆的厨娘加莉娜发生不正当的关系，受到降级处分，罚了款，并且被遣送回国。当时，并没有怀疑他进行间谍活动。美海军陆战队调查人员对布雷西进行了为期4个月的说服和调查工作，他终于说出了这起损失比"想象中还要大"的间谍事件。

克里姆林宫的"钉子"——安德烈夫

在中央情报局的华盛顿总部里，有位名叫艾丽丝的女研究员正在审阅有关苏联各级官员——主要是中级人员人事变动情况的电讯报道。她根据办公桌上摆着的一份新任命的人员名单，核对了从档案柜里取出的一份厚厚的卷宗。卷宗里是中央情报局认为苏联政治局肯定要提拔的一些政界人物的材料。

这次任命的人员，几乎全都不出所料，却有一名高官例外。原估计有个名叫安德烈夫的官员必然会接替一个已被调换的因年迈不能胜任工作者，但是这个位置没有给安德烈夫，却给了从基辅来的一个不大闻名而善于处理困难事务的党内人物。这回安德烈夫已经是第二次没被提拔了。此外，在前一个月，他的档案里还增加了一项新的报告：他同已被免职的格奥尔斯基·马林科夫集团里的那些苏联高级官员非常接近。安德烈夫是个十分热情的知识分子，可以料想，他对尼基塔·赫鲁晓夫所采取的粗暴手腕难免有些鄙视。不管怎么说，安德烈夫的材料很有价值，因此，他的档案连同一份记载着上述情况及其重大意义的备忘录一起，被送到了第三办公室。

　　第三办公室里做出了决定：中央情报局应该设法把安德烈夫拉过来充当一名"内奸"——瞒着上司，暗地里背叛苏联，但是仍然在原来的职位上，以便向中央情报局提供秘密情报。"这是一个理想的'钉子'！"美国中央情报局局长这样断定。

　　对美国中央情报局来说，安德烈夫同那些当时吐露一切，以后却无法在铁幕后面进行活动的公开叛变者相比，显然要有用得多。即使撇开安德烈夫由于没被提拔而必然产生的怨恨不谈，作为一名知识分子，他跟俄国共产党人之间很可能存在着思想上的分歧，这点说不定中央情报局可以加以利用。

　　在做出这个决定的时候，中央情报局必须面对一种显而易见的危险：安德烈夫说不定是个圈套，也就是说，俄国人也许是同安德烈夫商量好的，故意对他表示冷淡，企图诱使中央情报局设法前来跟他打交道。如果事情果真如此，中央情报局在俄罗斯国土上的间谍网就可能遭到严重的破坏。但是，"冒险还是值得的"，理由是："首先从安德烈夫身上可能大捞一把；其次，即使这真的是个圈套，至多不过连累中央情报局的一两个间谍人员罢了。"

跟安德烈夫打通关系时必须谨慎从事。中央情报局找到了一个适合这件差事的人，这个人叫格奥尔斯基，是安德烈夫担任行政领导人之一的那个部门的职员。格奥尔斯基由于职位的关系，没有机会在工作上或社交上同安德烈夫接近，但他可以把经常注意安德烈夫当作一项任务，这样他说不定就能汇报安德烈夫的情绪和存在的问题。苏联中级人员之间存在的"一团和气"，使得格奥尔斯基如果突然跟安德烈夫结识甚至同他来往密切的话，还不至于引起别人的怀疑。格奥尔斯基也是个知识分子，而且年轻有为，在苏联前程远大。但他很想逃到外国去，中央情报局正是利用了他这一点。

于是，美国中央情报局就派人同格奥尔斯基进行了联系，地点是在苏联大剧院的休息室。联系人除了给他口头指示外，还给了他几张打字的文稿，内容是关于英国一本科学杂志上的一篇文章的分析。分析的结论"透露"了美国用于试验喷气引擎的一项"秘密"发明，这项发明肯定在一两个月之内就会举世皆知，因而没有多大的保密价值。格奥尔斯基要设法跟安德烈夫会面，把这篇分析文章交给他，假称出自自己之手。

这就会使他很快博得安德烈夫的好感，并为进一步的交往打下基础。在以后的7个月当中，格奥尔斯基那里杳无消息。后来有一天，他的联系人照例检查了"固定投递点"——高尔基公园里一张凳子上的一块木板的内部。他在那里找到了格奥尔斯基的一份报告，说安德烈夫确实心怀不满，愁困不乐。他由于没被提拔而怀恨在心，并开始怀疑自己在苏联政治舞台上的前途。

美国中情局"关于安德烈夫的问题"，在西柏林召开了一次重要的会议；会上对有关安德烈夫的活动的其他情报进行了甄别和分析，对他的家庭生活也进行了研究。他显然是个忠实的丈夫，他是两个男孩的父亲，妻子和他很恩爱，这样的丈夫、父亲必然会尽一切力量来保护自己的家庭。各方面的情况全都证明，马林科夫的下台使他心烦意乱，曾一度很失落。会上，情报专家一致认为随时可以跟安德烈夫打通关系，把他拉过来的时机已经成熟了。

由谁去向安德烈夫提出这个问题？他的身份颇高，只有真正的美国间谍大师才能使他更加动心。但研究的结果是，在这场谍海斗智中现在就拿这样的间谍人物来冒险，未免为时过早。格奥尔斯基显然已经取得安德烈夫的信任，由他去干这件事似乎比较妥当。如果事情失败，格奥尔斯基说不定要丢掉性命，但是一个间谍是免不了要冒这种危险的。格奥尔斯基不仅愿意而且盼望立刻做些什么差事使他能够捞一大笔钱，并能早日在中央情报局的帮助下逃到美国。

为了提防意外，格奥尔斯基和安德烈夫的约会地点被指定在中央情报局的一个密点"安全户"里。所谓安全户就是某些亲西方的苏联公民的家，或是以某种职业为"掩护"的某个美国人的住所。如果安德烈夫拒绝合作并谴责格奥尔斯基叛变时，后者立刻可以被送到安全的地方。在进行这件事情的时候，自始至终都得碰运气，但是从得失来衡量，冒险还是值得的。

1955年秋天，一个漆黑而且阴雨连绵的夜晚，安德烈夫和格奥尔斯基在"安全户"里会面了。闲谈了一阵之后,格奥尔斯基就直截了当地向安德烈夫提出问题,他十分紧张地等待着答复,安德烈夫却一言不发地盯着他足有一分钟,然后才开口。安德烈夫说:"由于我对政府不满,并因屡次遭到歧视而心怀怨恨,所以动了念头,但是我不想跟你格奥尔斯基打交道。"他希望能够证实这件事的确不是克格勃设下的圈套,而牵线者的确是美国人。由于要求他做的事极端危险,他希望能够保证他会得到美国政府的保护。"这应有个协议,否则我的安全没有保证!"安德烈夫这样要求道。格奥尔斯基也说"要同上级联系才能答复"。

情况要求当机立断。几天之后,美国的专案调查员就在"安全户"里和安德烈夫见了面,再次向他提出这个问题。此外,还向他详细交代了在发生意外情况时如何将他秘密送出国外,并且保证,他在美国找到适当的职业之前,生活费用全部由中央情报局负担。同时他所付出的辛劳将会得到可观的酬报——这笔美元可以用假户头存入一家瑞士银行。安德烈夫答应了。

安德烈夫就这样被中情局拉下了水,成为美国安插在苏联克里姆林宫的"钉子"。

美国中央情报局对安德烈夫的秘密任务做了具体安排,向他交代了所要搜集和传递的情报种类,告诉他一个"固定投递点"。另外还告诉他,他个人同情报组织进行联系时要通过一个"接头人",那个人的职业和活动情况使得他跟安德烈夫接头更为安全。安德烈夫将在大街上或某个"安全户"里跟那个"接头人"联系,此外,双方还规定并记住某些暗号,不论是安德烈夫还是他的"接头人",一旦觉得有人盯梢或不能如约会面时就可使用这些暗号。

安德烈夫为美国中央情报局工作了不少年。赫晓鲁夫1956年在苏联共产党第20次代表大会上做了"秘密报告",然而,这份演说稿却被中央情报局很快弄到了手,并转交给国务院公布出去,全世界大为震惊。别人无从知道把"秘密报告"交到美国人手里的究竟是不是安德烈夫,因为中央情报局自然是不会吐露真情的。但安德烈夫所处的地位使他有这样做的机会。也许这项任务不是由某人单独完成的,盗窃"秘密报告"演讲稿的事可能需要中央情报局其他间谍(包括外国情报机关官员参与)的配合才能成功的。

直到安德烈夫去世,苏联人也没有发现他的间谍身份。当然美国中央情报局也没有让安德烈夫实现叛逃到西方的美梦,因为他对美国中央情报局来说太重要了,以至于安德烈夫死后5年,美国出于政治上的需要才披露了安德烈夫间谍案的真相。

两面间谍——玛林兹·查尔斯

1996年5月，美国一家杂志披露了美国联邦调查局在冷战期间所从事的代号"独舞行动"的间谍活动的内幕。令人惊奇的是，这个行动的主角——玛林兹·查尔斯，同时得到苏联和美国两国最高领导人的信任。1975年，苏共领导人勃列日涅夫授予玛林兹一枚"红旗"奖章，而美国总统里根则授予他一枚"国家安全"勋章。

玛林兹·查尔斯和杰克·查尔斯兄弟俩都是美国联邦调查局的间谍，但他们并不是那种职业性的普通特工。玛林兹·查尔斯是美国共产党高层领导核心成员之一，他于1902年出生于乌克兰基辅的一个犹太人家庭，取名莫伊斯·切洛维斯基；他与弟弟很小时就移民到了美国，改名玛林兹·查尔斯。1921年，玛林兹19岁时参加了美国共产党。当他开始为联邦调查局工作时，已是有着30年党龄的老党员，而且在这期间的大部分时间里，他都担任重要的领导职务。他的弟弟杰克·查尔斯也是美国共产党党员，只是党龄没有他长。

玛林兹·查尔斯在党内升得很快。1929年，他被送到苏联莫斯科专门培养领导干部的列宁学校学习，当他回到美国时，被提为威斯康星州区组织负责人；1934年，他进入中央委员会；1935年，他被调到芝加哥更为重要的岗位上，成为伊利诺伊州党的书记，在这里他干了7年；1945年他到了纽约，负责党的政治行动，很受当时党的总书记厄尔·白劳德的重视；1946年，白劳德被开除出党后，他成为《工人日报》的编辑，这也是他开始走下坡路的转折点。他最糟糕的一年是1947年，作为党内派系斗争的牺牲品，他被赶出《工人日报》编辑部，他的妻子也离开了他，与此同时，他患上了严重的心脏病。

玛林兹生活中的危机为联邦调查局打开了大门，但首先把联邦调查局引进门的是他的弟弟杰克。自1947年后，杰克就没有在党内活动，他首先成为联邦调查局策反的对象。1951年9月，在杰克家附近的街上，两名联邦调查局特工找上了他。杰克很痛快地答应帮助联邦调查局，之后，他把一名特工卡尔·弗里曼领到玛林兹家中，弗里曼答应支付玛林兹的医药费。玛林兹在身体恢复后就开始为联邦调查局工作，同时他也为共产党工作。

至此，可以说玛林兹的幻想完全破灭了。从1921年到1951年，可以说他是一名共产党的忠诚分子和高级干部。他幻想的破灭主要有两个原因：一是1947年他仍作为《工人日报》编辑去了莫斯科，在此期间，他听说了有关苏联迫害犹太人和知识分子的事情；二是同年他被赶出编辑部。但他同党的真正决裂是在1953年。

无论怎样，玛林兹与杰克自1947年后就没有再从事党的工作。现在玛林兹同意为联邦调查局工作，他就需要回到党的活动中去。直到1954年，这样的机会才来到。一天，玛林兹突然得到党的组织部长菲尔·巴特的传召。巴特想让玛林兹"重建与苏联人的联系"，以便能从他们那里得到钱。就这样，玛林兹成为联邦调查局和美国共产党两头都欢迎的人。

1945年后，美国共产党的领导层经历了一个危机时期。1945年厄尔·白劳德被尤金·丹尼斯赶下台；1959年格斯·霍尔取代了尤金·丹尼斯，霍尔任美国共产党总书记期间，他最热衷的事是向苏联人要钱。

为得到钱，霍尔需要有莫斯科信任的人，他选择了玛林兹·查尔斯。玛林兹抓住了这个机会，他代表美国共产党到莫斯科迎合讨好苏联高层领导，从他们那里为霍尔要钱，并为联邦调查局带回情报。在长达19年的时间里，玛林兹就这样为满足双方的需要进行活动。

到了1961年底，另外一个人加入到玛林兹的这种秘密生活。玛林兹遇见了很有文化修养的琳丹·莉波，他们于1962年5月结婚，此时琳丹对玛林兹的工作性质一无所知。就在同年10月，玛林兹带着她一起去莫斯科时，她仍完全不了解他的秘密生活。当他们回来后，玛林兹突然向她介绍了两名联邦调查局的特工，告诉她他与这个组织的关系。没有任何迟疑，琳丹就同意参与他的间谍活动。在莫斯科的旅行中，当玛林兹与苏联上层领导会面时，琳丹就同他们的夫人在一起。有一次，她把苏联文件缠在腰上带出来。也是在莫斯科，她和玛林兹躲藏在卧室床上的被单下抄录苏联的秘密文件，一个人打手电筒，另一个人抄写。有人称琳丹·莉波可能是"迄今为止，美国联邦调查局拥有的最有效率的女性间谍"。

玛林兹首次作为美国联邦调查局的间谍去莫斯科是在1958年。他见到了苏联共产党国际部负责人鲍利斯·普罗马耶夫和意识形态部负责人米哈伊·苏斯洛夫。后来他也与苏联共产党总书记勃列日涅夫见了面。玛林兹总共去了苏联52次，杰克去了5次。玛林兹还带着任务到过北京、布拉格、哈瓦那、布达佩斯、东柏林和华沙，杰克去过莫斯科、布拉格和哈瓦那。

玛林兹在莫斯科与勃列日涅夫、苏斯洛夫、普罗马耶夫会面时受到热情友好的接待，他们还积极地向玛林兹征求建议。据说，1956年美国公布的赫鲁晓夫的秘密报告，就是由杰克获得的。1959年玛林兹在北京时就已警觉到中苏两党之间不断扩大的裂痕。玛林兹在向联邦调查局提供的报告中，着重强调了这种分裂的严重性。此报告对美国的政策决策者来说是一个贡献。玛林兹曾夸口说，他们兄弟俩已"欺骗了他们所有的人——赫鲁晓夫、勃列日涅夫、苏斯洛夫、普罗马耶夫、克格勃的头头，以及整个克格勃"。

玛林兹早期成果之一是在1961年，那是在赫鲁晓夫时期。他听到赫鲁晓夫斥责中国和毛泽东"危及世界和平"。当他回去向联邦调查局汇报时，赫鲁晓夫的斥责上升为苏联对中国共产党在"意识形态方面的宣战"，联邦调查局将此情报送到国务院，立即得到高度赞扬："这是联邦调查局迄今为止向国务院呈送的最重要情报。"接下来的十多年里，勃列日涅夫当权时，玛林兹已成为苏联领导人的密友。当美国总统肯尼迪遇刺时，玛林兹正巧在莫斯科，他向联邦调查局报告，苏联人与刺杀事件没有关系。玛林兹几乎每天晚上同苏共政治局或中央委员会的成员共进晚餐。以往任何美国人都没有得到过像他这样的重视与信任。

玛林兹的生活看来一片光明。他从莫斯科回来后到了芝加哥，向联邦调查局汇报了在苏联的所见所闻，并帮助联邦调查局的特工博伊尔写报告。美国国务院、中央情报局、国防部和其他一些机构，都通过联邦调查局向他提出一些有关苏联的问题。随后他到了纽约向美国共产党总书记霍尔汇报。这是玛林兹典型的活动路线——从苏联到联邦调查局再到霍尔，或从苏联到霍尔再到联邦调查局，年复一年，周而复始。

对于"独舞行动"，联邦调查局紧紧抓在手里不让别人插手，所有情报只有通过他们送往白宫、国务院、军事部门或中央情报局。中央情报局曾想把这个行动买过来，或参与进去，愿出任何价钱以得到这个行动的部分控制权，并许诺开始要给行动的主要人员每年免税的25万美元，但联邦调查局没有任何意思想让别人同来分享这个"珍宝"。

1978年，当联邦调查局认为该结束"独舞行动"，美国总统吉米·卡特和司法部长格里芬·贝尔则坚持继续进行下去，尽管这会增加玛林兹和杰克的危险。

在这些年里，苏联通过玛林兹和杰克向美国共产党投入了大量的金钱。从1958年到1980年苏联给美国共产党大约2000万美元。最初，钱是通过加拿大共产党转交给在多伦多或纽约的杰克或玛林兹。从1960年以后，苏联克格勃把钱直接交给在纽约的杰克，然后，杰克把钱交给玛林兹，玛林兹再把钱交给霍尔。

苏联解体后，从公布的一些文件看，在接受苏联资助的西方国家共产党中，美国共产党居第二位，第一位是法国共产党。这些文件包括一张200万美元（1978年3月）和一张300万美元（1988年3月）收据，签收人都是霍尔。此外还有霍尔向莫斯科要钱的信件。直到1989年霍尔开始批评戈尔巴乔夫的改革时，苏联才停止这种资助。

实际上，苏联人资助美国共产党是在浪费他们的钱财。美国共产党在1956年苏军干预匈牙利后就分裂了；1968年苏军入侵捷克斯洛伐克，导致美国共产党再度分裂。从20世纪70年代起，实际上美国共产党根本不值得联邦调查局努力去摧毁它。有人把美国共产党称为"乌合之众党"。对于美国共产党拿这些钱干了些什么，则是不得而知了。

玛林兹与杰克每年从联邦调查局得到3万美元。杰克还从苏联人给的钱中抽取5%。玛林兹则如同富商，在芝加哥买下一幢别墅，琳丹将它豪华地装饰起来。此外玛林兹在莫斯科和纽约也都有住房。

苏共领导人勃列日涅夫曾高度赞扬美国共产党，并特别称赞了玛林兹。1977年，玛林兹在对苏联进行了大约20年的间谍活动后，勃列日涅夫向格斯·霍尔说："美国共产党是资本主义世界里仅有的高举马列主义旗帜的党。"在玛林兹75岁生日时，勃列日涅夫称赞他是"一个伟大的人、真正的布尔什维克、我们敬爱的同志"。杰克死于1980年8月12日，时年73岁。玛林兹于1991年6月2日去世，享年89岁。琳丹死于1995年6月，终年80岁。他们都死在自己的家中。

"爱国"间谍——特罗费莫夫

2000年6月初，美警方逮捕一名高龄间谍——美军退役上校乔治·特罗费莫夫。

20世纪90年代初，随着苏联的解体、冷战结束，克格勃队伍出现一片混乱，明投暗靠西方的军政要员已不是个别现象。之后不久，又掀起不管什么人都写书的热潮，不但原社会主义阵营的人写，西方阵营的也写。当然作者的动机五花八门：有的人想哗众取宠；有的人想靠写书发财；有的人对原部门不满，想报一箭之仇；更有一些人为讨好新主子，挖空心思地出卖核心机密。

1994年，西方一家出版社出版一本名为《第一总局》的回忆录，作者是俄罗斯前克格勃的一名重要官员——奥列格·卡鲁金少将。他在书中写道："……也是在维也纳，我与另一名美国情报人员见面——他来自美军情报机构。此人是驻联邦德国美军的一名军衔较高的军官。我们在德国布建的一名线人告诉我们，这名美国军官可能愿意与克格勃接近，于是我们成功地征募了他。"

"我曾好几次专程前往维也纳，与这名美国人见面。他向我们提供的机密文件中包括北约部队的作战计划……据我所知，这名情报官员从未被美国当局抓住。"

短短几十字，俄罗斯这名前情报官员就把那名为克格勃工作的美国间谍身份、时间、地点以及现状交代得清清楚楚。把触角伸向全世界的美国情报机构对此书如获至宝，当即决定由司法部、联邦调查局和国防情报局成立联合专案组，对那名"驻联邦德国美军的一名军衔较高的军官"立案侦查。

尽管事情过去多年，美国政府还是要求必须挖出这颗钉子，抓出叛国者。专案组配备了精兵强将，且资金雄厚。其成员有：美国陆军情报与安全处处长、联邦调查局坦帕分局局长弗兰克·加勒盖尔，司法部犯罪处内部安全调查科负责人约翰·迪恩，联邦调查局的俄语专家，还有后来的此案对外发言人、佛罗里达州女检察官唐娜·布塞拉等。

奥列格·卡鲁金的《第一总局》一书，回忆的是冷战时期的情况。几十年过去了，许多人已经不在了，这无疑给调查破案工作带来极大困难，但专案组还是冲破重重障碍，绞尽脑汁，包括使用肮脏伎俩，经过7年的艰辛努力，最终将此案重大嫌疑人——美军退役上校特罗费莫夫捉拿归案。

一位讲一口流利俄语的美联邦调查局特工，化装成俄罗斯情报官员，用老暗号与在美国佛罗里达州过着平静生活的特罗费莫夫又接上了头。这一次，"俄"情报人员不再布置任何任务，而是以"纯粹报答曾为前苏联情报事业做出贡献的人"为诱饵，要求与老人见面。为了让特罗费莫夫打消疑虑，"俄"情报官员佯称，许久不联络是因为前苏联解体，内部混乱无序所致。本来对以往之事已不想重提的特罗费莫夫，最终还是没能顶住花言巧语和名利诱惑……

2000年6月的一天，当73岁的美军退役上校特罗费莫夫如约出现在佛罗里达州坦帕市的希尔顿饭店时，联邦调查局人员冲上去，不由分说地扣上手铐，将其逮捕。同老伴一起到来并在车中等候的特罗费莫夫太太见此情此景，吓得目瞪口呆。这名隐藏得"完美无缺"的克格勃老间谍的历史就此揭开。

乔治·特罗费莫夫，1928年出生在联邦德国，父母为俄罗斯移民。受家庭环境影响，特罗费莫夫从小就能讲一口地道的俄语。1948年参军入伍，加入驻联邦德国美军，1951年入美国籍，戎马生涯35年，是出色的职业军人。

特罗费莫夫从军的年代，恰逢东西两大阵营长期对峙的"最冷"时期。他所在的"美军纽伦堡联合审讯中心陆军分部"的主要任务是，专门审讯东欧社会主义国家的叛逃者，其中不乏苏联和东欧国家的特工、政府官员、各种难民。通过这个分部的审讯逼供，美国可以从中获得不少社会主义阵营中有价值的政治、军事、经济以及各方面的情报。

1969年，特罗费莫夫被提升为"美军纽伦堡联合审讯中心陆军分部"上校指挥官。兢兢业业的他对叛逃者的背景情况和所有审讯记录了如指掌，除及时向美军司令部汇报和请示外，他还能看到许多有关北约军队及美军战略部署和战术行动等机要文件。

克格勃一直在寻找机会钻入对手心脏，做梦都想知道"美军纽伦堡联合审讯中心陆军分部"的机密。他们千方百计地通过各种关系和渠道寻找美方的薄弱环节，以便攻破。不久，一个机会来了。

在克格勃布建的线人中，有一位名望很高的东正教牧师。这个代号为"伊卡"的牧师名叫伊格尔·符拉基米诺维奇·苏密赛尔。他1919年出生在乌克兰的车尔格夫，很小就随全家迁居德国。苏密赛尔在宗教界名气很大，曾担任奥地利首都维也纳的大主教。更为有趣的是，他与特罗费莫夫身世相同，都有俄罗斯血统，又都生活在德国，他们从小还认识，特罗费莫夫尊敬地称苏密赛尔为"兄长"。

身为克格勃线人的苏密赛尔，在与特罗费莫夫的接触中发现，这名"老弟"虽为美国军人，但还热爱着自己的祖国——俄罗斯。出于一种使命感，他将有关特罗费莫夫的这一"优点"汇报给了自己的领导者——克格勃官员。

经过考察分析和研究，克格勃有关部门认为，对"美军纽伦堡联合审讯中心陆军分部"的指挥官特罗费莫夫可以下些功夫做文章。因为，一是特罗费莫夫身上有俄国血统，对祖国有着一定的感情；二是他欠债，经济拮据，很需要钱。

于是，克格勃拟订了一个完整而严谨的策反计划，命令该局招募高手苏密赛尔亲自实施。克格勃指示苏密赛尔设法多接触特罗费莫夫，抓住弱点，伺机将他拉下水。

于是，苏密赛尔开始频频邀请特罗费莫夫前来喝酒叙旧，当然每次都是身为"兄长"的苏密赛尔付账做东。接触多了，感到两人"亲密无间"的美军上校便越来越多地发各种牢骚，说些美军薪金制度不合理、自己挣钱太少等抱怨话。每当这时，深表同情的牧师就要说些劝慰和宽慰的话，或慷慨解囊。

转眼，两人交往时间也不短了，但还没走到正题上。有一天，特罗费莫夫又扯到缺钱问题，苏密赛尔见时候到了，便推心置腹地说出了自己的"美好"设想。他语重心长地说，特罗费莫夫完全可以靠自己的劳动所得解决经济问题。作为能说会道的牧师同时对特罗费莫夫晓以民族大义，说："这是在为祖国母亲做贡献，你所从事的任务是光荣而伟大的……"

这可不是件小事，特罗费莫夫听后低头不语，作为一名美国军人，他知道这对美国意味着什么，对自己意味着什么。他在权衡这个"罪名"自己能不能背起。

经过好几天的思想斗争，特罗费莫夫终于想通了：危险是危险，但自己这样做也不算没公德，一为祖国，二为朋友，三为自己经济宽裕，大道理和小道理都讲得通。于是他主动登门拜访兄长苏密赛尔，亲手递上一个装满文件的大信封对他说："你看这些有没有价值？"苏密赛尔心花怒放，连连举杯，庆祝老友在人生旅程上的一个"飞跃"。

乔治·特罗费莫夫身居要职，了解北约及美军的大小机密，总能安全稳妥地向克格勃提供自己职权范围内所能接触的所有军事和政治机密。

克格勃不敢亏待这只宝贵的"鼹鼠"，一直把他作为重点对象来管理。为了表示对他的重视和栽培，克格勃第一总局的高级主管奥列格·卡鲁金少将，多次专门前往不同的西欧国家，在那里召见他，对他进行鞭策和指导。

东正教牧师苏密赛尔与特罗费莫夫的情报伙伴关系简直好得"天衣无缝"，秘密联络长达20余年，直到苏密赛尔1999年去世。据说，这样长的特殊关系在情报史上也极为少见。当然，为了安全起见，特罗费莫夫先后换过好几个代号，什么"安提""领事""马凯斯"等。

在四分之一的世纪里，特罗费莫夫为苏联立下了汗马功劳。他至少开展过32次大型的窃密行动，其方式不外是用克格勃配给的微型照相机将机密材料一页一页地拍下来，然后将胶卷和材料交给在联邦德国或奥地利某一地点等着接头的情报人员手中；或者放在某个指定的地方，等人去取。当需要窃走的机要材料特别多时，他也会偶尔将其带出美军基地，让克格勃人员密拍后再带回。

特罗费莫夫向克格勃提供的情报主要分为两大类：一类是美国政府的对外情报搜集提纲。根据提纲，苏联可以掌握美国情报工作的重点排序，分析出美国国家安全的总体目标和中央情报局的活动范围。另一类是美国和北约的军事文件。这些军事文件中有些是北约军事行动计划，也有些是北约国家情报机构窃取到的苏联的军政机密。这些对于苏联掌握西方的军事重点，制定相应对策十分重要；了解那些已暴露的机密，不仅可以及时改变原定方针，对防范内奸和查出西方安插在内部的"鼹鼠"也极具重要的现实意义。克格勃依据特罗费莫夫提供的情报线索，的确成功地破获了一些西方间谍案。

为了表彰他出色的情报活动，克格勃总部曾授予他"红旗勋章"。这是一种极高的荣誉，因为这一勋章只授予那些"在捍卫社会主义事业斗争中英勇顽强、视死如归和特别富有自我牺牲精神的人"。

特罗费莫夫并非没有遇到过险境。美国情报机构虽然没有怀疑过他，但他曾被德国情报机构严密监视。德国人发现他行动诡秘，1994年以"从事与其身份不相符的活动"为由拘捕了他。

德国安全部门根本没想到他在为克格勃工作，而是以为这名美国军人还兼任着美国情报机构的差事。德国考虑到与美国的同盟国关系，加上没有确凿的证据，拘押一段时间后还是放了他，但要求他离开德国。

1995年，特罗费莫夫一家搬到美国佛罗里达州的坦帕市，在美丽的海边买下一幢别墅安度晚年。谁也没有料到，在特罗费莫夫73岁高龄之时，当年视他为一张王牌的克格勃要员，在出卖祖国的同时也无情地出卖了他。

2000年6月14日，联邦调查局、国防情报局和检察官举行联合新闻发布会。地方检察官唐娜宣布：乔治·特罗费莫夫是美军史上被指控间谍罪中级别最高的军官。对他的案子已经秘密调查多年，虽然进展缓慢，但最终获得全胜。

同一天，佛罗里达州坦帕地方法院首次开庭审理此案，检察官提出的指控是：美军上校乔治·特罗费莫夫在纽伦堡任职期间，充当外国间谍，疯狂窃取秘密情报，出卖给苏联克格勃。证据表明，25年中，特罗费莫夫出卖情报获得25万-30万美元，平均每年一万多美元，其中最大的一笔酬金为9万马克。

主审法官马克·皮佐宣布：特罗费莫夫不得保释，只能有一名辩护律师，且必须由法庭指定。身穿T恤衫的特罗费莫夫无精打采地站在那里一动不动，他妻子坐在听众席上悄悄落泪。

此案在全美引起轰动。人们没有想到在冷战结束十年后，又捞出来一条漏网大鱼。特罗费莫夫的邻居——退役海军上尉约翰·卡拉维说："我不愿相信这是真的，他是一名非常友好的绅士，他与人们相处融洽。"

"基地"间谍

从2003年5月10日到9月23日，半年不到的时间里，在世界谍报战中，曝光了三名军人间谍：一名是英国情报机关在爱尔兰军队高层安插的长达25年的"钉子"，代号"赌剑"；另一名是美国西点军校的高才生，甘为拉登充当间谍的美军上尉；还有一个是美关塔那摩海军基地曝光的一名同样是利用职务之便为"基地"搜集各种绝密情报的美国涉恐军人。

詹姆斯·易是美军上尉，也是美军一名神职人员，在从古巴关塔那摩湾美海军基地返回美国本土时遭到安全部门的拘捕。据美联社报道，美方怀疑这名为囚徒提供宗教服务的神职人员实际上是恐怖组织头目本·拉登安插在美军内部的间谍。

当年34岁的华裔美军上尉詹姆斯·易出生在新泽西州一个路德教的家庭里。1986年以优异的成绩获得了新泽西州至少2名国会参议员的联名推荐，从而成为亚裔人数极少的美国西点军校的正式学员。1990年，詹姆斯·易以优秀学员的身份毕业，成为美国陆军炮兵部队的一名指挥官。不过，易没干多久便退伍转回地方。

　　离开军队没多久，詹姆斯·易突然对伊斯兰教和阿拉伯文化产生了无比浓厚的兴趣，于是决定到叙利亚学习当地的宗教和语言文化。这一走就是四年。在这四年时间里，易不仅学成了一口流利的阿拉伯语，对阿拉伯文化有了深刻的研究，甚至还娶了一个叙利亚姑娘作为妻子，更重要的是，路德教家庭出身的他决定皈依伊斯兰教，成为一名穆斯林，并且将自己的名字詹姆斯·易改为优素福·易。

　　携妻回国后，会一口流利阿拉伯语、信仰伊斯兰教、对阿拉伯文化有了深刻了解的易很快就成了美军的抢手货。当时，美军严重缺少穆斯林神职人员。在1993年之前，美军军官的重要精神支柱——3150名军中神职人员不是犹太教信徒就是基督教信徒，没有一个穆斯林神职人员。1993年，浸礼会教友家庭出身的非洲裔美国人穆罕默德成为美国军中的第一个穆斯林神职人员。从那时起到伊拉克战争爆发，美国军中的穆斯林神职人员不超过14名。神职人员人数之少和美国军中穆斯林官兵（有4000-10000

名）的人数之多形成了强烈的反差。特别是在"9·11"恐怖袭击事件发生之后，军中穆斯林神职人员的需求量更是大增。

在这种背景之下，集西点优秀毕业生、精通阿拉伯语言文化、信奉伊斯兰的詹姆斯·易当然成为美军受穆斯林官兵欢迎的明星了。在反恐战争开打前，为了稳定美军穆斯林官兵的情绪，号召美军中的穆斯林士兵捍卫自己的国家和打击恐怖主义，美军伊斯兰宗教领袖、美国国务院请詹姆斯·易上尉出面给大家鼓劲。易上尉非常坦诚地说，他所在基地的穆斯林都找他诉说怕被派到海外同穆斯林作战。对此，易上尉开导说："我们信仰的宗教禁止恐怖行为，禁止杀害无辜的平民，无论谁有这种行为都必须被绳之以法，所以我们不会乱来。"詹姆斯·易二度从戎，先后任驻华盛顿陆军第29通讯营神职人员、美陆军神职指挥官、关塔那摩战俘第三任神职人员。

虽然詹姆斯·易级衔不高，权力不大，却是美军精神思想的中坚，是颇受美国政府和媒体追捧的明星式人物。詹姆斯·易是专门为美军官兵打气鼓劲的穆斯林神职人员，是负责"开导"关塔那摩战俘营中被关押的600名各国战俘的精神"导师"，是美军审讯人员与这些已经被拘禁长达两年的塔利班与"基地"组织成员沟通并且套取情报的重要依赖。他曾是美国五角大楼倚重的精神支柱，然而，这位明星式的人物现在却被指控至少五项惊人的罪名——煽动、资敌、间谍、刺探和抗命。美国军事法庭甚至还准备指控他叛国罪。如果这一罪名成立的话，那么他将被判终身监禁。

9月10日，美国佛罗里达州杰克逊维尔海航站，全副武装的陆战队宪兵、海航站安全保卫人员、美军反间谍调查局特工、联邦调查局特工悄然来到海航站的军官宿舍楼，轻轻敲开一个房间。房间里的人刚把门打开一条缝，全副武装的宪兵和特工蜂拥而入，将应声而来开门的人——刚刚从古巴关塔那摩军事基地回国的戴眼镜、身材高大结实、长着东方人面孔的军官团团围住。军官显得很镇静，没有任何的反抗动作，没有任何的抗议声，非常顺从地被宪兵挟出了宿舍楼。

搜查房间的结果令人非常震惊，因为联邦调查局的特工们很快就在军官宿舍里搜出了"一个神职人员根本不应该拥有的绝密文件"。据一位不愿意透露姓名的美军高级官员说，在搜出的绝密文件中，最引人注目的是"古巴关塔那摩战俘营战俘监狱和警卫设施的地图"。由于关塔那摩战俘营里现关押着660名"基地"组织成员、塔利班和其他"敌人"，因此，这里成了"基地"恐怖组织最想突袭营救的目标，如果要实施突袭营救行动的话，那么战俘监狱和警卫设施的详细地图便是无价之宝。另外，这位军官的宿舍里还搜出了被关押战俘的详细名单以及美军审讯官的名字。

除了这些绝密情报资料外，从这名军官宿舍里搜出的其他证据还表明，他跟美国境内的极端势力，特别是那些已经被美国政府怀疑并正在接受调查的恐怖嫌疑人员关系密切。

由于易上尉的特殊身份和本人在美军中的特殊地位，所以这次逮捕是获得了美国政府"最高层"白宫总统办公室的同意。易上尉后来被拘押在南加州查尔斯顿的一个军事监狱里。这里还关押着其他几个赫赫有名的恐怖嫌犯——美国出生的沙特籍塔利班人员哈姆迪、被控试图引爆一枚巨型炸弹的芝加哥黑帮头子乔斯·帕迪拉。

据司法部官员透露，中央情报局参与了部分的审讯，特别是参加了搜查行动，但审讯任务主要由美国军方调查人员进行。

　　调查人员现要调查的重点是：易上尉提供情报的对象究竟是谁？对外国政府还是"基地"组织？不过，有许多分析家认为，易上尉提供情报的对象恐怕就是本·拉登领导的恐怖组织。

　　调查人员的另一个重点就是易上尉究竟已经出卖了多少情报？在案发前，美国联邦调查局已经暗中跟踪易上尉有一段时间了。易上尉在关塔那摩战俘营工作期间，先后发生过外国媒体率先大曝战俘营内幕的事件，从而给美国政府造成相当大的压力。美政府当时就怀疑，有人从中走漏消息，但一直没有查出个结果。

　　2002年11月，詹姆斯·易上尉奉命到关塔那摩战俘营工作，美联社记者有机会采访易上尉。面对美联社记者提出的相当尖锐的问题，比如说他的信仰是否影响他在战俘营的工作时，易上尉显得非常沉默，面无表情，只是淡淡地回答说："我的工作就是为那里的美军官兵和被拘禁的战俘提供精神抚慰。"他还告诉记者，他的具体工作就是教担任看守的美军官兵相关的宗教文化，同时为战俘们提供相关的宗教服务。

　　因为这一特殊的工作性质，易上尉在关塔那摩战俘营里畅通无阻。美军南方司令部发言人汤姆·克劳斯上尉说："他每天都有机会接触那些战俘。据我所知，他是美国开打反恐战争以来第一个被拘禁的美军官兵。"在关塔那摩最绝密的"达尔塔"兵营里，易上尉有不少机会跟战俘们进行一对一的谈话。

"V" 字的力量

把食指与中指分开，形成一个 "V" 字，用来表示必胜的动作。这种手势的起因多数人仅知道是来自英语，表示胜利这个单词victory的第一个字母，却不知道是因战争创造的心理战奇观产生的。

第二次世界大战爆发后，西欧各国相继沦陷于德国法西斯的铁蹄下，有个叫维克多·德拉维利的比利时人，利用电台以 "不列颠上校" 的名义，每天在英国对比利时的广播中，号召同胞们奋起抗击德国。

1940年年底的一个晚上，他在广播时产生了一个奇妙的想法，第一次提出了以 "V" 字符号表示胜利的意思，要求人们在德国的占领区内到处书写 "V" 字，表示对抗战胜利的坚定信念。几天之内，这个要求得到比利时人民的热烈响应。在比利时的首都、城乡、村镇的街道上、墙壁上、车辆上、电线杆上，到处都能见到大大小小、各种方法书写的 "V"，就连德军营房内军官宿舍的墙壁上也时时出现。

后来，"V"字不胫而走，传遍了欧洲各国。亲朋好友见面，也往往先伸出手指表示"V"字，心照不宣地表示出团结一心反抗法西斯的决心。后来，不但妇女们的胸针出现了"V"字式样，而且英国首相丘吉尔也非常喜欢打"V"字手势。

一次，丘吉尔在地下掩蔽部内举行记者招待会，突然上面警报声大作，丘吉尔闻声举起右手，将食指和中指同时按住作战地图上两个德国城市大声地对与会者们说："请相信，我们会反击的！"

这时，在场的一名记者发问道："首相先生，有把握吗？"

丘吉尔转过身子，目光锐利地望着记者们，立即将按在地图上的两指指向天花板，情绪激动地大声回答说："一定胜利！"

丘吉尔这一镇定威严的神态举止，被记者们拍了下来，登在第二天出版的报纸上。

从此，这一著名的手势进一步流行开来，"V"字手势产生了意想不到的效果。

在"V"字运动的影响下，欧洲反法西斯斗争热浪滚滚。在波兰、希腊和南斯拉夫等国，游击队数天内就能组织成千上万的人与德军做斗争。这些反法西斯力量形成了"V"字军的主体，还形成了"V"字军总部，总部设在伦敦，每到星期五夜间11点钟，总部的"不列颠上校"就从伦敦发出指令，告诉各地的游击队谁是奸细（间谍）。于是，被指为奸细的人必定很快失踪，其尸体上还标有一个大"V"字。

"V"字运动的高涨吓坏了德国法西斯头目。他们对占领区内的"V"字运动参加者大肆捕杀，并任命间谍头子海因里希专门镇压"V"字运动。但是，几个月后，这个杀人魔王却死在"V"字军的枪弹之下。

对于"V"字的巨大历史作用，战后人们念念不忘，并逐步将其扩展到了需要表示胜利的各个领域。

说明：书中部分图片来自网络，如牵涉到版权问题，请与本书作者联系。